我搭檔今天也如此迷人 上

My partner's always so charming

Author 阿滅的小怪獸

Illustrator Gene

CONTENTS

My partner's always so charming

Chapter 1 我看你就只是矯情

霍啟晨抬頭看著自天花板垂落到地面的巨大海報，就見海報正中央的年輕男子身穿一襲機車皮夾克與皮褲，渾身帶著一股颯爽的帥勁，靠坐在身後的哈雷機車上，抬手半脫臉上的墨鏡，朝鏡頭露出一抹玩世不恭的笑容。

「總覺得跟想像中的『束光警探』落差很大啊……」霍啟晨喃喃自語，習慣性地拉一拉臉上的黑色口罩，「不過也能理解，畢竟是翻拍電影，演員長相很重要……」

「先生，請先準備好您的入場券，然後按標示由這邊排隊入場哦。」

「噢，好的。」

霍啟晨低著頭，抱緊懷裡的書本，隨工作人員的指示來到隊伍後方等待。此時他身前已經拉了一排人龍，其中大多數是年輕女孩，有的甚至還身穿制服，讓他頓時有股衝動想上前質問對方怎麼能夠翹課。

不行，現在不是值勤時間，而且人家上不上學也不歸你管。霍啟晨在心中告誡自己，按捺住打電話通報學校來抓人的念頭，開始觀察起周遭事物好轉移自己注意力。

但這不看還好，一看就讓他渾身不自在。混亂的動線安排、沒有做好職前教育的工讀生到處跑、無人留守的通道出口……整個活動看起來頗有趕鴨子上架的意味，處處充滿安全漏洞，令人擔憂是否下一秒就會發生什麼意外事故。

於是他放棄觀察會場，改而看起其他排隊的人，不意外地辨認出，其中有八成的人是衝著海報上那位演員來的粉絲，像他這樣的書迷反而只有兩成左右。

至於辨認方式也不難，就看那些來追星的女孩們，沒一個人手上拿著書，懷裡全是各種印滿帥哥頭像的應援道具和周邊。

「算了，我還是繼續看書好了……」霍啟晨搖搖頭，小心翼翼地捧起書，翻開書封，靜靜閱讀起來。

獻給我的英雄們，謝謝你們在拯救世界之前先拯救了我。

每次看著獻詞頁上的這句話，霍啟晨都會浮想聯翩，好奇作者所說的「英雄」究竟是誰？

這次要被搬上大銀幕的《西城警事：慾望殺機》，其原著他早就讀了不下十遍，對故事內容已經到了滾瓜爛熟的地步，所以從哪個段落看起都無所謂。甚至在獨處時，他還會偷偷背誦書中主角「束光警探」的台詞，可謂是非常死忠的書迷。

這次伴隨著電影開拍而舉辦的宣傳記者會，還同步進行西城警事系列作最新一集的新書發表暨簽名會，現場自然是熱鬧非凡。霍啟晨萬分慶幸自己居然搶得到入場券，據說這張「紙」在活動前就已經被黃牛炒出了天價。

儘管按他心中所想，新書發表會才是正題，翻拍電影的消息是順帶的，但來到會場後還是得承認，電影主演的號召力遠大於原作者，在場這些粉絲中和他一樣也對原作充滿熱情的，恐怕只占少數。

隨意翻完舊作，霍啟晨又看起新書，但這回就是非常珍惜地閱讀每一行字句，一副看一個字就少一個字的模樣，好似生怕自己一下子就讀到結尾，然後又得落入等待續集的煎熬之中。

自從他最喜歡的作者由網路連載轉戰實體出版後，作品產出的速度就慢了許多，讀者最少也得等上大半年才有新作可看，所以每次有新書出版，他都是前半本看得欲罷不能、後半本看得依依不捨，好像不翻到最後一頁，就不用面對下一個蹲等作者填坑的輪迴。

事實上，他就是那種十分「害怕」看到結局的人，每當有喜愛的作品完結時，不管先前追得多勤奮，他都會很抗拒閱讀結尾，總覺得一旦把結局讀完，他和那個故事的緣分也告一段落。

猶記得那位作者的上套作品完結時，霍啟晨硬是憋了兩個月才鼓起勇氣看完最後一集的最後一章，且之後馬上就陷入了既暢快又落寞的狀態，上班時都頂著一片烏雲，直到作者的新書上市才又恢復活力。

時間就這麼在霍啟晨徜徉書海時度過，當他聽見工作人員提示可以入場時，看似規整的隊伍果然瞬間潰散，一旁負責整隊的工讀生都喊啞了嗓子，但這群追星的粉絲們依舊爭先恐後地擠進入口，場面頓時變得一片混亂。

所幸和這些女孩們相比，身長一百八的霍啟晨可以說是人高馬大，這點推擠還不至於難住他，但他也不想跟隨群眾起鬨，便像在尖峰時刻搭乘公眾運輸般，任由人潮把自己夾帶進會場裡，然後迅速躲到最後一排座位區，享受得來不易的新鮮空氣。

「呼、希望簽書不會delay吧？我好像沒有假期可以用了……」霍啟晨低喃著，又拉了拉臉上的口罩，然後繼續翻看手中的小說，壓根沒注意前方舞台上陸續登場的劇組人員，就連飾演男主角的明星在一片尖叫與掌聲中華麗登場時，他也沒抬起頭看一眼。

另一頭，舞台後方的休息室裡也是一片吵雜，吳京正把偷溜進來的狗仔轟出去，轉頭就看見某位大作者正偷偷摸摸地探著頭，想透過布幕的縫隙觀察舞台座位區，猥瑣得簡直像個準備偷人錢包的扒手。

「臭小子，演員介紹完馬上就輪你上場了，別想著到處亂跑，給我去準備區那裡站好！」

路浚衡被自己的編輯兼經紀人吼得一縮脖子，訕訕地應道：「我就是想確認一下『他』有沒有來，京哥你那麼凶幹麼……」

吳京沒好氣地瞪了路浚衡一眼，隨後抓著他站到視野更清晰的角度，指著座位區最後方的一道人影說道：「在那邊！看完就給我好好去準備，你等會兒上台要是又給我亂說話，信不信我讓你下本書的截稿日提早一個月！」

「講得好像你提早了我就會準時交稿一樣……噢！我錯了！京哥你放手！你難道不知道文字工作者的頭髮有多珍貴嗎！」

路浚衡在一番苦鬥後終於守住自己的髮際線，又恢復滿滿的朝氣，用愉快的嗓音說道：「他有來就好！我本來還很擔心他搶不到入場券……哎呀，他應該不是那種會買黃牛票的人吧？」

吳京一臉無奈地道：「所以我不懂你到底在堅持什麼？就讓我趁這機會去找他要個聯繫方式，以後有活動直接給他公關票就好。這樣你每次都能看見他、他也不用跟你那群迷弟迷妹搶名額，不是雙贏嗎？」

路浚衡聞言卻是立刻甩著頭，鄭重告誡道：「絕對不行！我不是跟你解釋過了？像他那麼害羞的讀者，太主動是會把他嚇跑的，萬一你害他以後都不敢來我的簽書會怎麼辦？我會哭給你看哦我告訴你！」

「……一個三十多歲的男人說出『我哭給你看哦』這種威脅，我是真的滿害怕的。」吳京汗顏地吐槽，又忍不住罵道：「我看你就只是矯情，覺得這種和神祕讀者一年會面一次的『劇情』很有意思，所以不想讓我戳破這層關係而已吧！」

「你既然都知道了，還要我提醒？」路浚衡大言不慚地反詰。

「我決定了，下本書你給我一個月內寫完。」

「辦不到啦！」

路浚衡一邊閃躲吳京的爪子、一邊又朝布幕外偷看幾眼，一瞥見那位「神祕讀者」的身影，就感到心情愉快。

那是一位從不缺席他新書活動的神祕男子，每次都會戴著口罩和鴨舌帽，十分低調地

排在隊伍最末端，來到他面前時連話都不說，新書拿出來簽好名就走，態度瀟灑無比。

起初吳京還以為，他是那種專門高價倒賣簽名書的黃牛，所以才會對面見偶像這種事不屑一顧，根本懶得和路浚衡互動，簽名書到手就立刻走人，等著回家上網拍賣熱騰騰的親簽商品。

只有在第一線接觸讀者的路浚衡才能清楚看到，對方每次遞上書的手在顫抖、充滿緊張與無措的雙眸努力想與他對視卻又屢屢失敗、還有那一聲聲被口罩遮住而變得細不可聞的「謝謝」。

對那名讀者來說，似乎光是拿著書到路浚衡面前請他簽名，就已經用盡了所有勇氣，所以不怪他總是拿了書就跑，因為他需要下個為期至少半年的準備時間，才能再鼓起勇氣來見他的偶像——

哇，簡直可愛得要命！

為了守護如此可愛的讀者，路浚衡才不會為了滿足自己的好奇心，就去挖掘對方的底細，那是既不道德也不浪漫的行為。

他可以很大方地承認，自己就是因為有這樣可愛的讀者，才會有寫稿出版的動力，因為一想到每次只要出版新書，就有機會與他們見面，他就有滿滿的衝勁可以繼續創作下去。

「新書發表、電影改編、為可愛的讀者們簽名……人生巔峰啊。」路浚衡忍不住感嘆，在吳京嫌棄的眼神下走出布幕，迎接台下觀眾的鼓掌。

「讓我們歡迎《西城警事》的原作者，最帥氣、最有才華的路浚衡老師登場！」

掌聲轟鳴。

◆

「路老師，對於這次的電影選角，您有什麼看法呢？」

「這還用問嗎？問就是——男主角也太帥了吧！」

舞台上下的人都因為路浚衡這番俏皮發言而大笑，坐在觀眾區最後一排的霍啟晨環著手，也深感同意地點頭。

雖說每個人對於故事角色都有著自己的理解，不過路浚衡本來也就沒對《西城警事》的男主角「束光警探」有大量的長相描述，僅說他是位年輕但氣質冷冽的警探，作風硬派、不畏強權，總是站在前線為小人物們伸張正義，給予讀者不小的想像空間。

有一點倒是可以肯定，路浚衡筆下的故事和角色，一向都有濃郁的英雄主義色彩，束光警探當然也不例外，所以可以這麼說：讀者心目中的英雄是什麼形象，束光在他們想像中大概就是那副模樣。

而這次有機會將作品搬上大銀幕，劇組應該也是考量到電影的客群不只原作讀者，還有更多是還未接觸過這套書的觀眾，就選了一個在外貌上非常符合大眾審美的英俊偶像來飾演男主角，藉以吸引更多人對作品的關注。

這不免讓霍啟晨這樣的死忠書迷有些擔心，怕最終拍出來的成品會淪為販售帥哥美女的「粉絲片」，僅營造出夢幻與美好的氛圍，卻犧牲了原作中那種敢於針貶社會現象的辛辣、或主角與犯罪者鬥智鬥勇的犀利。

「當然啦，只要看過倪疏的試鏡影片，就會知道他確實是扮演束光警探的不二人選！他的演技非常好，把我筆下的角色演得活靈活現，我相信不管是我的書迷、或是還沒有機會看過《西城警事》這部作品的人，都會被他的表現征服！屆時大家一定要進電影院支持我們哦！」

好吧，既然作者都這麼說，那就姑且相信片商和演員的能力了。

某位死忠讀者其實也挺好哄的。

「不過，我這裡可是聽到了一個小道消息哦！」

舞台上的主持人神祕兮兮地說了句，還故意拖長尾音，對著台下的觀眾擠眉弄眼一番才繼續問道：「聽說，路老師您在撰寫《西城警事》這套作品時，男主角『束光警探』其實是以一位現實中的真實人物做參考的呢！能不能偷偷告訴我們，您的『謬思男神』到底是哪位呀？」

第一次聽到這個說法的霍啟晨也豎起耳朵，興致勃勃地想聽路浚衡會如何應答。

這當然不是即興提問，路浚衡早就在後台與主持人對過腳本，但還是刻意擺出吃驚的表情，彷彿不敢置信自己的大祕密居然被人發現，頓時顯得有點不知所措。

「咦？是誰告訴你的？該不會是我家編輯吧？京哥，你怎麼老是出賣我呢！」

路浚衡一副大受委屈的樣子，舞台燈光師也表現出他的專業素養，故意把光線移向站在舞台側邊的出版經紀人，引得大家把目光都投射到他身上。

吳京配合地攤開雙手，表情彷彿在說自己是無辜的。

而靠演戲吃飯的倪疏更是笑著湊過來追問道：「路老師，您就跟大家分享一下靈感來源吧。我也很好奇，到底誰是束光警探的原型？我和他之間有沒有相似之處啊？」

「這個嘛……」

路浚衡低頭沉吟，做起他思考時的習慣動作，用食指指尖輕敲著嘴唇，猶豫半晌才勉為其難地說道：「那可是我心目中的第一『男神』，一位非常帥氣又厲害的王牌警探！但我是個喜歡自己偷偷粉人家的小迷弟，別逼我講出來啊！」

「噢——原來路老師是『那種類型』的粉絲啊！」主持人刻意擺出強調的手勢，一旁的倪疏也露出饒富興味的眼神，兩人開始一搭一唱起來。

「我好像可以理解呢，就是那種……想獨占對方的感覺？雖然也想跟全世界分享我的偶像有多棒，但又希望偶像的好只有我一人能欣賞。就是這種矛盾的心理，對吧？」

「咦？沒想到像倪疏你這樣的大明星，居然也能懂這種小粉絲的複雜心情？難不成……」

「對啊，我也是會追星的！我就是路老師的書迷啊，一方面覺得『路老師的書太好看了，大家都該來讀一讀』，但一方面又會想著『如果哪天老師只寫書給我看，一定會超幸福的吧』，那種心情真的非常、非常矛盾呢！」

「好了你別再說了，我下套書要是再翻拍，絕對找你繼續演男主角可以了吧！」

「你們都聽到了，路老師說下一部改編電影也會找我演，你們都是證人哦！」

全場大笑聲不斷，都被路浚衡和倪疏的對話給逗樂了。

在台下聽著這些話的霍啟晨眨眨眼，心緒忽地墜入倪疏所形容的情境中，不由自主地想到，假如路浚衡只寫書給他一個人看……

在妄想什麼鬼東西！霍啟晨拍拍自己腦門，把那莫名其妙的想像畫面給轟出腦海。

不過，路浚衡心中的「第一男神」究竟是誰啊？東光警探的角色原型到底是怎樣的人呢？

霍啟晨等了半天，發現路浚衡就這麼把問題給蒙混過去，不禁有點小小失落，覺得自己錯失了一個和故事設定相關的有趣「彩蛋」。

既然是現實中真實存在的某位「王牌警探」，說不定就是自己認識的人？

回去再多翻幾次小說，看能不能靠自己推理出線索。霍啟晨有些自得其樂地想著。

就這麼看著舞台上正與主持人、劇組人員們侃侃而談的路浚衡，霍啟晨也不禁有些感慨。

他其實從很久以前就在追蹤路浚衡，當這位作者還只是個名不見經傳的網路文手時，剛上國中的他一眼就受到對方的故事所吸引，自此墜入他的作品之海中，屬於元老等級的書迷。

在路浚衡正式出道、成為商業作家時，霍啟晨興許是作者本人以外最感到高興的那人，見到自己喜歡的作品被實體化，就興奮得一口氣買個三本：一本翻閱、一本傳教、一本收藏。

論專業書迷的自我修養。

而讓書迷們最感幸運的是，路浚衡很樂於和自家讀者接觸交流，舉凡簽書會、粉絲俱樂部專屬讀書會等等，活動一個接著一個，他的讀者永遠不乏和偶像近距離接觸的機會。

相較於那種只喜歡展現文字與作品、但不願與外界多有互動的內向型作者，路浚衡顯然是熱愛「拋頭露面」的類型，近幾年更是在出版經紀人的包裝下，有越來越「明星化」的跡象，不只販售作品、更販售自身魅力，已然成為一個品牌標誌。

身為一個默默「追星」近十五年的低調書迷，霍啟晨倒也不期待自己能和偶像有多麼接近，只要一直有機會看到對方活躍在文壇、有越來越多人知道他的作品，對老書迷來說就是最棒的事。

真希望他每本書都有機會影視化。霍啟晨在心中暗暗許願，已經計畫好要在《西城警事：慾望殺機》上映時，去光顧范西市的每一家電影院，用自己的綿薄之力為偶像的作品貢獻票房。

這下子又得跟同事協調排班了，好痛苦。

霍啟晨正煩惱著要怎麼與同事們溝通，眼角餘光注意到周圍的工作人員來來去去，每個人臉上都有著明顯的緊張感，但又刻意隱忍著，似乎是在盡力避免這樣的氛圍感染人群。

好像有哪裡不對勁？

霍啟晨一向精準的直覺如響起的警笛，在他腦中不斷迴響刺激，告訴他現場肯定發生了什麼糟糕的事情，但同時心裡又有另一個聲音，警告他不要多管閒事。

大家都討厭多管閒事的人，這教訓他已經吃很多次了。

「……那今天的訪談就先到此告一段落啦！」

主持人浮誇的嗓音將霍啟晨的思緒拉回，就聽對方高呼道：「我知道大家都迫不及待想找我們兩位『男神』簽名，讓我們中場休息個十分鐘，等等就可以開始進行大家最期待的『福利環節』囉！」

待主持人宣告完，一旁的劇組人員和路浚衡也起身與大家揮手致意，隨後依序走進後台，消失在觀眾面前。

同時，旁邊的工作人員也快速湧上，開始擺設桌椅，還有人正一箱一箱地搬來要當作贈品的海報，眾人努力趕在十分鐘內將舞台區布置成簽名會場。

粉絲們這時也自動自發地分成兩個群體，各占據舞台左右兩側，拉起了綿延的人龍。

要找倪疏簽海報的人顯然更多，簽書隊伍這一側看著便相對冷清不少，但此番景象在霍啟晨眼裡並沒有什麼差別。

不管隊伍拉得多長、增加多少等待時間可以做心理建設，對他來說都沒有用，他就是緊張個半死。

每每都想著要當面對路浚衡說些讚美的話，或表達自己有多喜歡他的作品，但霍啟晨就是會在與偶像對視的那一秒腦子放空，等回過神時，自己只記得說句「謝謝」，然後抓著書備感羞恥地轉頭就跑。

明明第一次參加簽書會的時候，他還能大著膽子對路浚衡說「我很喜歡你的書，希望以後能一直看到你出版新作品」，哪知道年紀越大臉皮卻是越薄了，連這麼單純的「告白」，他都感到難以啟齒。

不行，這次一定要說點什麼，一定要！

霍啟晨在心中給自己打氣，時間一分一秒過去，他忽然驚覺這等待偶像再度登場的中場休息似乎比預料的還長，拿出手機一看上頭的電子時鐘，便確認這並非自己的錯覺。

已經過去二十多分鐘了，不管是倪疏或路浚衡，都沒有回到舞台上。

現場有不少粉絲開始躁動起來，工作人員則是一遍又一遍地保證活動等等就會繼續進行，只是稍微延長一下休息時間而已，大家稍安勿躁。

活動有延宕，這屬於正常情況，霍啟晨並未覺得工作人員的說法有何不妥，但當他注意到，連另一側媒體區裡的記者們，也都一個個交頭接耳起來，並有數名試圖離開會場的記者被屢屢阻擋時，狀況頓時變得十分弔詭。

霍啟晨又站在原地思考半晌，最後默默把手中的書本收進隨身背包中，轉身脫離隊伍。

一旁的工作人員注意到霍啟晨的舉動，連忙小跑過來，急匆匆對他提醒道：「先生，請等等！您如果現在離場的話，就會喪失簽書資格哦！」

面對這樣的阻撓，霍啟晨一改先前有些畏縮的氣質，用冷靜且咄咄逼人的語調道：「我注意到你們的人把所有入口都擋住，擺明就是不讓會場裡的人出去。你們在隱瞞什麼？會場外發生什麼事情了嗎？劇組人員和作者呢？他們還在這裡嗎？」

面對一連串的質問，年輕的女孩當場就慌了，臉上清楚寫著「我只是個工讀生，我什麼也不知道！」。

尤其被霍啟晨那一雙莫名冷冽的黑眸一瞪，就讓她的雙腿都微微打顫起來，一股難以解釋的心虛之感油然而生，頓時有了想向對方坦白錯誤的衝動。

可是……她好像也沒做錯什麼事吧？

負責會場管控的組長，就只是交代她用這些說詞勸退想離場的人，但也沒說為什麼要這麼做啊！

對欸，所以會場外到底發生什麼事了？

眼見打工小妹都被自己給問傻了，霍啟晨無奈地搖搖頭，淡淡說道：「你們無權將我留在這裡，更不能用『取消簽書資格』來威脅我，妳還是回頭找妳主管要個更合理的說詞吧。」

「啊、啊？這……可是您……」

「現在，讓開。我要出去外面看看到底是什麼情況。」

霍啟晨的聲音不大，嗓音也並未帶著怒意，似乎只是純粹在下一道指令罷了，但或許是他高挑的身形與冷峻的氣質給人的壓迫感不小，打工小妹瞬間被他嚇得紅了眼眶。

見狀，霍啟晨眉宇一擰，這才反應過來自己的態度並不友善，如此刁難一個無辜的工讀生也確實有點過分，忍不住緊張起來，思索自己是不是該說點什麼和緩氣氛或表達歉意的話。

但年輕女孩似乎誤以為霍啟晨是不耐煩了才皺眉瞪她，頓時比他更加緊張無措，居然低著頭轉身就跑，不曉得是不是打算去找上司求助，落荒而逃的背影看著就無比可憐。

她甚至在落跑中途抬手在臉上揩了幾下，八成是在抹淚。

又來了。霍啟晨深吸一口氣，把湧上的沮喪與懊惱壓住，伸手推動沉重的雙開防火門，閃身離開會場。

外頭的走廊上一個人也沒有。

門邊還擺放著霍啟晨先前辦理簽到與領取識別證的折疊桌，桌面上零零散散地鋪滿了紙張與文具用品，看起來就亂糟糟的，顯然無人收拾。

霍啟晨張望一番，雖然走廊上空無一人，但他能隱約聽見不遠處傳來陣陣聲響，似乎是有不少人聚集在那裡說話，當即邁步朝走廊盡頭而去。

不等他拐過彎，耳邊已經能聽見斷斷續續的說話聲。

「……報警……這該報警的吧……」

「……但他們說要等……處理不好會有大麻煩……」

「……這是他們能決定的事嗎……」

霍啟晨沒急著現身，而是靠在轉角處的牆面後仔細聆聽，半晌後總算勉強拼湊出那幾個人的對話內容。

會場肯定發生了什麼案件，而這些人正因為活動主辦方與上司的要求，不得不拖延處理案件的流程。

「這不算多管閒事，應該不算……」霍啟晨低聲自語，長嘆一聲後摘下帽子，隨手撥動被壓塌的瀏海，讓自己看起來精神一點，然後從背包裡拿出證件，放進連帽衫前方的口袋中。

他轉身探出轉角，映入眼簾的便是幾名身穿保全服裝的男人群聚著，幾人臉上無不掛著緊張的神色，而他們身後則是被數張摺疊椅檔住入口的男廁。

幾名保全立刻就注意到霍啟晨，其中一人連忙端起笑容朝他走近，伸手阻擋他繼續向前，嘴上不停說道：「先生，不好意思，這裡不能通過。您是要使用廁所嗎？其他樓層的男廁都是正常的，不知道怎麼走的話我可以帶您過去。」

霍啟晨像是沒有聽見對方的話語，但又在保全人員伸長的手碰到自己前堪堪止步，單手探向位在腹前的口袋，從中掏出一本證件。

啪！

一聲脆響，皮製證件夾在眾人面前攤開，其上漾著金屬光澤的徽章讓人望而生畏，下方綴著的識別照上有著一張極為年輕的臉龐，凜冽的目光僅是稍稍沖淡了他的青澀氣質，面容仍舊給人一種初出茅廬的社會新鮮人之感。

但照片下方的稱謂，卻是讓站在最前方的保全人員倒吸一口氣。

霍啟晨沒有發話，只是冷冷掃視眾人，神情中有著口罩也遮擋不住的鋒利，幾位保全人員見狀皆是被他的氣質震懾，自動讓路。

他步伐無礙地走到男廁門口，一把推開被當作路障的折疊椅，直直走進廁所。

五秒後，他鐵青著臉退出廁所門，終於開口下達指令——

「我是范西市警局第一分局，凶案組副組長，霍啟晨。現在，由我接管命案現場！」

Chapter 2 實在欣賞不來這種可愛

喀啦啦、喀啦啦——

明顯不太平滑的行李箱滾輪在大理石地上敲出響亮的撞擊聲，遠遠就替那人的到來做出預告，彷彿這是為她特別配置的出場音效。

來者是一名濃妝豔抹的高挑女人，臉上那帶著煙燻感的大片紫灰色眼影再配上酒紅色唇釉，讓人有一種她隨時要下班趕赴夜店狂歡的感覺。

就差一件性感小洋裝，和可以當凶器的細跟高跟鞋了。

羅瑛侑拖著裝滿鑑識工具的小箱子，一路伴隨她的特有音效朝案發現場走近，正在一旁做筆錄的保全人員們忍不住多看了她一眼，隨即被她用高高豎起的中指嚇得收回視線。

先行到場的員警和鑑識組人員都是見怪不怪，嘴甜一點的人就喊一聲「羅醫師好」，不想胡亂招惹女煞星的人就是乖乖低頭做事，免得自己沒事找罵挨。

范西市警局的人都知道，沒入夜前看到這位女法醫出現在案發現場，那她多半都會帶著非常嚴重的起床氣華麗登場。

「這案子誰負責的，給老娘滾過來說明情況！」

女法醫帶著點沙啞的菸酒嗓剛響起，封鎖線後便有一道人影舉起手，淡淡地應了聲：「目前暫時由我負責，有什麼問題可以先問我。」

羅瑛侑抬眼看向霍啟晨，就見對方身上不是平時上班慣穿的機車皮夾克，而是一身素色連帽衫和休閒褲、揹著個雙肩背包，站在那裡的樣子宛如一個剛下課的大學生，在一眾警局同僚裡顯得相當格格不入。

她不禁露出帶著荒謬的神情，埋怨道：「不是吧，霍警官，您怎麼連休假都能碰上案子？這是什麼死神體質啊？」

一般人面對同事開的玩笑，要不是順勢自嘲、就是沒好氣地反諷回去，但霍啟晨顯然不是會應付這種情境的人，口罩下的薄唇抿了抿，有些無措地應道：「我、我也不曉得為什麼這麼巧……」

羅瑛侑似是早就料到霍啟晨的反應，笑著揮揮手，一副讓對方別把她的話放心上的樣子，已經沒了來時的火氣，走近時注意到垂在霍啟晨胸前的識別證，當即語帶同情地道：「就想說你難得排休，八成是來追星的……結果呢？你見到偶像沒？還是一聽到有案子，就衝過來處理了？」

霍啟晨這時才發覺簽書會名額的識別證還掛在胸前，連忙摘下來扔進背包裡，口罩遮不到的脖頸與耳根處泛起淺淺紅暈，可想而知他的臉頰肯定紅得更厲害。

關於第一分局凶案組副組長是個「迷弟」一事，知道的人極少，倒也不是霍啟晨刻意隱瞞，而是大半同事對他的喜好不感興趣，也就和他熟識多年的羅瑛侑略知一二，偶爾會拿這件事來調侃他一下。

霍啟晨被問得更加羞窘，竟是直接裝作沒聽見羅瑛侑的問句，自顧自地說道：「妳先去看一下死者的情況吧，這次的案子有點……複雜。」

羅瑛侑也不介意霍啟晨這毫不圓滑的交流手段，只是語帶無奈地道：「嘖，這可是在市區中心的大樓裡啊，到底是死得多有創意才非得讓我出外勤？真夠麻煩的……」

她一邊口無遮攔地抱怨、一邊走進男廁隔間，期間不忘將長髮盤起，再戴上口罩與手套，做好萬全準備，迎接可能會相當驚人的場面。

按一般情況來說，她這個法醫其實是不需要親自到場勘驗的，大部分的採證作業都是由法醫室的實習生和鑑識組人員負責，她只要在警局的解剖室裡等著屍體送到面前就行。

會需要她多跑一趟案發現場，通常表示被害人的死狀可能較為「悽慘」，部分跡證或許難以用照片記錄和呈現，最好還是請她這位專業的法醫出馬，到場用雙眼確認一遍，以免遺漏任何細節。

可當羅瑛侑看見隔間裡那具屍體時，卻發出了充滿狐疑之意的鼻音。

「嗯?就這樣?霍啟晨，你在開我玩笑嗎?」

聽著音調逐漸拔高的質問聲，霍啟晨搖搖頭，口氣嚴肅地應道：「羅姊，我不會拿這種事情開玩笑。妳等等，先聽我唸一下這段話。」

語畢，霍啟晨就在羅瑛侑略顯焦躁的眼神下翻起背包，從中拿出一本看著就是被頻繁翻閱過的小說，指尖按著書頁邊緣任由紙張翻飛，隨後停下來攤開某個章節，逐字朗誦起上面的文字。

……死者是一名年過五十的男人，背朝外地跪坐著，整顆頭深深埋在便座中，雙腿卡著門下的縫隙，一手低垂至地、一手鬆垮垮地掛在衛生紙架上，歪曲而臃腫的身體幾乎將整個男廁隔間填滿。

他身下的地板是乾的，但能隱約看見一圈水漬，隔間內壁上也有著點點印痕，似乎能想像他被人按著頭塞進便座時，隔間裡水花四濺的樣子。

咕嘟、咕嘟……

馬桶裡傳來水管排氣的聲響，一串氣泡自沖口浮上，頂得死者的頭顱晃了晃，彷彿他還在掙扎著，不願放棄憋在肺裡的最後一口氣……

「媽耶，一模一樣。」羅瑛侑低呼一聲，這下總算明白，為什麼霍啟晨在上報案件時，還特地請調度中心通知她到場勘驗。

眼前這名死者的狀態，簡直就是將小說畫面直接搬入現實，就連四肢擺放的角度也都刻意調整過，讓畫面能完美符合文字描述——

而那本小說，正是路浚衡的作品、大張旗鼓公布要翻拍電影的《西城警事：慾望殺機》！

霍啟晨在看到屍體的第一秒，書中那段描述就立刻浮現在腦海中，也瞬間意識到這起案件絕對不簡單，才會第一時間就接管案發現場，並要求他最信任的法醫來現場支援。

而跟他有一樣想法的人，正是這次負責舉辦活動的劇組以及出版社，在生怕惹禍上身的情況下，做了非常不理智的決定，那就是要求會場人員暫時隱瞞案件，讓他們有機會帶著倪疏和路浚衡離開，免得被警方攔下。

霍啟晨聽保全人員坦承劇組和路浚衡已經趁機離開會場時，只覺得頭痛無比，因為這發展幾乎在預告著，這起案件將會變得十分棘手。

模仿小說情節的殺人案，那可比普通的凶殺案要糟糕數倍，因為——

書裡死的人，可不只一個。

「欸，等一下，好像有點不太對。」

羅瑛侑的嗓音將霍啟晨有些飄遠的思緒拉回，就聽她匆匆問道：「小晨啊，你再說一遍，書裡那個角色是怎麼死的。」

「溺死在馬桶水裡。」霍啟晨不用翻看書籍也能立刻回答，隨即又追問道：「妳看出什麼問題了？」

羅瑛侑跨著她的大長腿探身進隔間中，伸手翻動死者衣領，又捧起他的頭顱左右觀看，隨後才讓開身子，對霍啟晨招招手，示意對方自己過來查看。

霍啟晨先前只是看了一眼死者的死狀，就直接通報警局派人來封鎖現場，在那之後他一直站在男廁外面「監工」，並沒有在羅瑛侑到場前貿然觸碰遺體。

此時在女法醫示意下，他也走到隔間前，努力在狹窄的空間中與屍體保持距離，彎下腰仔細觀察死者的脖子——

他看見髮際線下的針孔，以及圈住整個脖頸的深紅色勒痕。

「所以，他不是溺死的？」

羅瑛侑伸指朝自己嘴角比劃，解釋道：「要是真的被按在水裡，就算沒溺死也會嗆上幾口，但你看他的嘴巴附近，連一點泡沫都沒有，再加上那個勒痕，死者極有可能是被勒死後，才放進廁所裡擺造型。等我晚點解剖他，他氣管裡八成一滴水也沒有。

「還有那個針孔，不需要我說了吧？那位置絕對不可能是本人自己扎的，我會讓鑑識組的把常規和非常規血檢都跑一趟……」

不等羅瑛侑把話說完，霍啟晨就突然退出男廁，朝外頭正在整理筆錄的員警吩咐道：「凶手有可能將針具棄置在現場，你去安排人手，把整棟樓的垃圾蒐集起來，以備不時之需。」

得令的員警隨即擺出一張苦瓜臉，神色哀怨地看了看霍啟晨，但最終還是忍住牢騷，轉身去和同事們傳達這個「好消息」。

霍啟晨似乎沒察覺其他同事對他投來各種眼神——以負面居多——便繼續回頭觀察屍

體，已經開始在腦中進行初步推理，並得出一個他非常不喜歡的結論：凶手很清楚自己在幹什麼，這不只是一起謀殺案，更是一場表演。

凶手不只在現實中複製出虛構的案發現場，他為了穩妥地執行計畫，更是先是用藥迷昏死者，接著將人勒死，最後再把屍體放到精心挑選過的場地進行布置，以求畫面的精準性。

他固然可以仿造小說情節，以書中凶手的手法殺死被害人，但那樣或許會增添其他變數，更會讓凶案現場呈現出來的模樣出現偏差，還不如先把人殺死，再來按照文字描述去慢慢「還原」書中的畫面，才會顯得更加符合自己預想的效果。

這種瘋狂中又帶著理智的行為，霍啟晨光是稍稍帶入一下，就被凶手的心理狀態激起一身雞皮疙瘩。

為了讓死者的手能準確地搭在衛生紙架上，凶手甚至用了快乾膠將其固定！

從容不迫，這就是霍啟晨對這名凶手的第一印象。

「小晨啊，所以你現在是什麼心情呢？有人拿你最喜歡的小說來犯案哦，是不是氣壞了？」羅瑛侑忽地問道，臉上掛著似笑非笑的神情，像極了先前在舞台上逼問路浚衡回答的主持人，語調裡帶著唯恐天下不亂的惡趣味。

霍啟晨低頭看著逐漸僵硬的屍體，垂在身側的雙拳一緊，再緩緩放開。

「不可原諒。」

◆

「……總之，我整理了一些跟小說劇情相關的資料，方便你們和目前的案件做對照，還有什麼其他問題可以再問我。」

范西市警局、凶案組專屬會議室中，幾名警探接過副組長發下來的文件，一臉莫名地看了看上面的訊息，又把視線放到貼著死者與案件跡證資料的白板，腦海裡浮現一大堆問號。

「那個……副組長啊，這不就是一起普通的謀殺案，有需要投入這麼多人力來處理嗎？」

「我這邊積的案子不少，實在無法配合這次調度欸。」

「是啊，您不能自己一個人處理就好嗎？畢竟是我們局裡的『王牌』嘛。」

看著面前一群對著自己陰陽怪氣的下屬，霍啟晨悄悄嘆了口氣，回頭看向坐在一旁的組長楊志桓，眼神裡透著求助的意味。

然而，這位組長卻是不耐煩地揮揮手，敷衍道：「這次的案子是『模仿案』，就是凶手可能腦子有病的那種類型，比較不好查。你們誰有空就支援一下小霍，早點把這種神經病逮捕，免得拖久了惹一堆麻煩……嗯，就這樣吧。」

幾名警探故作乖巧地應是，但是當楊志桓率先離開會議室時，他們全都起身跟在組長身後，沒一個人留下來多問霍啟晨一句「所以現在應該從何查起」。

他們甚至連霍啟晨連夜整理出來的資料都沒帶走，一份份整齊釘起的文件就這麼扔在會議桌上，彷彿那是等著回收的廢紙。

霍啟晨口罩下的臉龐皺了一下，但最終卻是什麼也沒說，只是又默默把那些資料收起來，疊整齊後放回卷宗裡。

自己查就自己查吧，反正也不是第一回了。

昨天從案發現場回來後，霍啟晨第一時間就將情況上報給分局長，也特別指出了這類型模仿犯很可能會演變成連續殺人犯的問題，希望能得到警局的重視，可以加派人手幫他調查案件。

誠然，每位警探手中都有案子必須處理，他也不可能說哪一名死者的命就比較貴重、

或哪件案子才值得分配到更多偵查資源，只能盡可能強調凶嫌的危險性，期望趕在出現下一位受害者前將他繩之以法。

收到通報的分局長倒不像楊組長那麼敷衍了事，也認為霍啟晨的判斷並非危言聳聽，但能坐上那個位置的人，總是難免沾染上官僚氣息，嘴上說著會全力支持，最終可能也是呼聲遠大於實際作為。

霍啟晨也習慣這種情況，打從他前幾年破格升任警局史上最年輕的副組長後，他的工作環境就出現了極大的隔閡。

一方面，上司們總是喜歡拿他的豐功偉業作素材，對其他同事喊話，直接將他擺到了「模範標的」的位置上，顯得他聲勢鼎盛；可另一方面，共事的警探們卻幾乎不把他放在眼裡，將他這位「王牌」排擠在圈子外，讓他總是陷入孤立無援的情境。

要問霍啟晨如何年紀輕輕便擁有如此成就，他其實也說不出個所以然。

他只懂查案，用一種幾乎要與工作「結婚」的工作狂態度在值勤，永遠不輕放任何一名罪犯或任何一宗罪刑。

他那強烈的正義感與責任心，彷彿揭示著他天生就是當警探的料，再加上他年輕有為、破案能力一流，稱他一聲范西市警局中的「最強王牌」，確實毫無言過之處——

簡言之，樹大招風。

身為一個對人性醜惡面有著敏銳直覺的人，霍啟晨每天都能在同事們的臉上看見各種嫉妒、怨恨、嘲諷、不屑等等神情，而他卻是一點應對的辦法也沒有。

人無完人，再怎麼棘手的案件都難不倒霍啟晨，但職場裡的眉眉角角卻能把他搞得狼狽不堪。

但那又如何？因為同事不夠友愛、職場不夠溫馨，他就不當警探了嗎？

不可能的。

他成為「霍警官」，並不只是因為他擅長辦案，更因為這是從小到大唯一一件他沒有選擇逃避的事。

是「那個人」鼓勵他不要輕言放棄，應該勇敢追夢，他才一路走到現在。

那個人說了：我相信你能辦到！

「還是先去催一催驗屍報告好了……」霍啟晨很快就收拾起沮喪的情緒，把白板推到自己慣用的角落裡，至於那個載滿文件的卷宗，則又被放回他副組長辦公桌的抽屜深處。

那些資料就是專門整理給別人看的，身為一個專業的老書迷，他根本不需要那種小筆記來提醒自己書中的細節。

前往法醫室的路上，霍啟晨也順道梳理起自己的查案工作排程。

首先，他得查清楚死者的生活背景。

在小說《西城警事：慾望殺機》中，第一名死者的身分是記者，因為刊載假新聞抹黑他人，才替自己引來殺機，被凶手活活溺死在馬桶水中，藉以象徵他靠文字給人潑「髒水」時，自己也死於汙穢之中。

而昨天死在會場男廁的張景謙，也同樣是一名記者。

霍啟晨目前只知道，張景謙就是受邀來報導這次電影暨新書發布會的媒體人之一，但暫時還不能確定他本身是否有任何類似於書中情節的不良記錄。

這一點必須查清楚，才能讓霍啟晨縮小尋找凶嫌的範圍。

其次，推演出完整的犯案過程。

從那個非常簡略的簽到記錄來看，張景謙昨天是和其他受邀的記者一起到場的，屍體上掛著的入場識別證也能證明，他至少在活動開始時還活得好好的。

但他究竟是在活動進行到什麼時間點上，被凶手襲擊的？襲擊地點是何處？凶手又是如何在人來人往的活動會場裡，從容地布置案發現場？

凶手會不會是當天負責活動事務的某位工作人員，或是同樣擁有識別證、能在場地裡自由行動的粉絲？

只有先找出這幾個問題的答案，霍啟晨才能推斷出這名模仿犯的身分。光是這兩大問題，就要耗費他不少時間與心力做調查，尤其還得在毫無幫手的情況下自己想辦法解決所有問題，可說是前途難料。

但正如同他對羅瑛侑說的，這名模仿犯不只殺人，更褻瀆了他心中最喜歡的作品，簡直不可原諒。

就算得獨自破解這起案件，他也不會有任何退縮。

他現在只擔心自己做得不夠好、不夠快，讓白板上的死者照片又多一張……

來到法醫室，霍啟晨推門就見羅瑛侑正窩在自己的辦公桌後，面前立起一面鏡子，在那裡努著嘴做出奇怪的表情，而一旁的幾名實習生不是忙著收拾解剖台、就是在奮筆疾書，看起來是剛忙完一次勘驗作業。

注意到霍啟晨來訪，羅瑛侑不等對方開口就先問道：「小晨，你覺得哪個顏色比較適合我啊？我昨天一個腦波弱就給它買了兩條，回家看到還有一堆沒擦完的，想說還是去店裡退一條好了，結果就選擇困難了呀！快幫幫我！」

霍啟晨看著羅瑛侑放在臉頰兩側做對照的兩管唇釉，這就實話實說道：「妳別問我，我看不出這兩種顏色有什麼差別。況且，妳其實是都想留著，才需要一個人幫妳決定要放棄哪一條，所以不管是問了誰、對方又選了哪一條，根本就無所謂。」

羅瑛侑放下那兩條唇釉，浮誇地大嘆一口氣，搖著頭規勸道：「小晨啊，聽羅姊一句，你真的該學學說話的藝術，才不會總是一開口就惹人不高興啊。」

法醫室裡幾名實習生紛紛抬頭，臉上全寫著「學姊妳那張嘴也沒好到哪裡去吧？」，但最終還是把吐槽又吞回肚子裡，繼續埋頭苦幹。

但霍啟晨聽了這話卻是很認真地點頭，隨即又有些苦惱地應道：「買了很多這方面的書來看，但學習效果似乎不是很好……我應該真的沒有這方面的天賦。」

他當然有看出自己性格上的缺點，也明白想改善與同事間的相處情況，就得努力改進自己的社交手段，但他可能真的把自己的「技能點」全點在了工作能力上，ＥＱ提升的進展可說是微乎其微。

不過，這或許也跟他其實沒有太多時間鑽研這塊，把生命都投入到查案之中有關。

無論如何，都是逮住犯人最重要！

羅瑛侑看向霍啟晨的眼神裡卻是帶著憐憫，因為她知道對方根本沒看出來她其實只是在耍貧嘴，故意拿人家不善交際的事情來開玩笑而已。

明明被耍，結果還在那邊回答得如此認真，讓她這個想逗人玩的傢伙從哪獲得樂趣？

或許有人會覺得霍啟晨的樸直率真很「可愛」，但起碼多數人——至少羅瑛侑就是——實在欣賞不來這種可愛，只覺得他這種不分場合與對象的直白頗為失禮。

更火上澆油的是，霍啟晨還年紀輕輕就有不俗的成就，所以他的同事們並不覺得他是不善交際，而是因為驕傲而不屑與他們交際。

「唉，可憐的孩子，不討喜就算了，偏偏還這麼能幹，大家不討厭你才怪……」

霍啟晨沒聽清羅瑛侑的感嘆，但也不是很在意，結束他認為分量已經「足夠」的閒聊，完成與熟人之間的普通社交行為後，便匆匆問起公事。

「昨天那名死者的勘驗結果，什麼時候能出來？有沒有初步報告可以先給我看一下？」

羅瑛侑只是抬起手揮了揮，馬上就有知趣的實習生捧著平板電腦上前，螢幕上已經列出張景謙的資料，雖然還有不少缺漏，但至少重點項目上都有簡單的記錄。

將平板遞給霍啟晨，羅瑛侑領著他來到放置遺體的冰櫃前，將張景謙的屍體從櫃子裡拖出來，一把掀開帶著涼意的白布，指著屍體的頸部說道：「就像我昨天說的，解剖後確認過了，他的氣管與肺部內一點進水的痕跡都沒有，並非溺斃，而是因勒殺導致的窒息死亡。

「你看他頸部的平行勒痕，後面還可以隱約看到一個比較深的印痕，大概是繩索的交叉點，從瘀痕的形狀來判斷，我認為兇手應該是用類似領帶、圍巾一類的長型布料將死者勒死的。你到時候記得追一下，看鑑識組有沒有找到什麼布料纖維可以協助辨認凶器類型。

「另外，死者的血檢報告也出來了，從他體內驗出高濃度的K他命，藥物純度也同樣高得不合理，完全不是一般毒癮者會使用的『商品等級』。況且，從他的毛髮與尿液檢驗來看，也沒有任何長期吸毒的跡象，那顯然是凶手用來迷昏他的藥物。」

霍啟晨指尖在平板上滑動著，一邊讀著資料、一邊又看向毫無血色的冰冷屍體，口中喃喃自語道：「預估死亡時間，是昨天上午十點到十一點間，那時候剛開始進行演員介紹的環節，作者則還沒上台……」

他記得那個時候，會場裡正播放起前導預告片，雖然沒什麼實質內容，就只是從各種角度來呈現倪疏那張帥臉，但也足足放映了十分鐘，加上還有冗長的演員與編導介紹，這期間多數人的注意力都放在舞台上，記者區裡少了一個人這種小事，根本沒多少人會察覺。

更何況他當時就看出，現場管控的情況並不佳，多數工作人員都集中在舞台附近，看起來主要是防範有情緒過激的粉絲衝上台接觸偶像，但其餘的出入口、逃生通道等等，卻不是每一處都有人負責站崗。

這畢竟只是一次小型的發表會，而不是什麼達官政要雲集的高機密會議，除卻官方邀請的人之外，粉絲們都是憑票進場，對主辦方來說就已經算是做過一輪人員管制，防備之心自然沒有那麼重。

大樓裡還配有保全定時巡邏就已經不錯了，難道還要他們在會場周圍安插一圈保鑣做現場維安管理嗎？無論是路沒衡或倪疏，都沒紅到那種程度。

但至少，現在有了死亡時間，霍啟晨只要再回現場重演一遍當時的情景，應該就能推斷出整個案發經過。

霍啟晨正想著接下來的時間安排，耳邊就聽羅瑛侑問道：「對了，這回該不會又是你自己一個人查案吧？那些幼稚鬼這次還是沒長進嗎？」

「嗯，暫時是我一人負責沒錯。」

霍啟晨頓了頓，有些不肯定地道：「其實昨天跟局長講這件案子時，他的樣子像是早就知道案情比較特殊，聽到我的通報也沒表現得特別訝異，還說之後可能會安排『特殊人員』幫我查案。但說到這個人員是誰，他的答覆又很模稜兩可，也不知道是不是在打發我……」

「呃，那你就祈禱小王真的會指派人幫忙吧。我聽說這次案子開頭就很不妙，你光是要排查嫌疑人就會忙到瘋掉吧？」

羅瑛侑顯然也聽說了劇組人員在發現屍體後立刻跑路的消息，面對這種打一開始就沒打算積極配合警方查案的關係人，霍啟晨要承受的壓力肯定更大。

「總會有辦法的。」霍啟晨倒不像羅瑛侑那麼悲觀，反正他沒進凶案組前就已經是走單打獨鬥的模式，依舊能順順利利地破案，甚至還能升官。

這次的案件只是和他本人多了一層微妙的聯繫，本質上和他過往曾經負責過的案子沒有太大差異……

應該？

叮囑完羅瑛侑手下的實習生們記得盡快給他完整報告，霍啟晨這又轉往鑑識組，準備去確認他們的檢驗進度，經過走廊時卻是愣了一下，只因為一道熟悉的人影忽地闖入視線。

就見那人正和分局長有說有笑地走出辦公室，隨後興奮地東張西望起來，不停向分局長詢問什麼，但最終似乎並未得到答覆，而是被分局長「哄」進了會客室裡，在圍滿玻璃窗的隔間中來回踱步，神情裡充滿著期待。

霍啟晨佇立在原地，口罩下的嘴微微張開，發出了無聲的叫喊——

那不是路浚衡嗎？

他為什麼會在這裡！

路浚衡一臉興奮地來回踱步著，走了幾趟才發現這房間根本沒有所謂的「牆」，四周全是擦到發亮的玻璃窗，自己可以一眼望見整個辦公區的同時，那些警探們也能一眼看見房裡的人。

內心對這間會客室的獨特設計吐槽幾聲，路浚衡往角落的沙發上一坐，免得讓人看到他一個大男人像個準備去戶外教學的孩子，一副快樂得都快飛上天的傻樣，有失顏面。

但這能怪他嗎？

馬上就要和他的偶像、他的「謬思男神」近距離接觸了，這讓人如何能淡定？

正當他望出窗外，試圖看看他的偶像會從什麼方向出現時，刺耳的手機鈴聲忽然大作，哪怕關著門，外頭的人都能依稀聽見那道尖銳的響聲。

咿歐咿歐咿歐啾啾啾——！

那和警笛有得拚的嗚響是他家編輯兼經紀人的專屬鈴聲，一旦響起，通常不是要打來罵他、就是要來催稿的，且不存在無視通話的選項，因為拒接了他還會奪命連環 call。

路浚衡生怕手機再這樣叫下去，外面就有人要拿噪音污染的罪名逮捕他了，連忙按鍵接通——

天啊，竟然還是視訊通話。

「路浚衡！你這臭小子死哪裡去了！」

「哇靠！」

吳京貌似過於激動，鏡頭距離都沒抓準，只給路浚衡看到他滿布血絲的左眼珠子，嚇得後者差點沒把手機直接扔飛。

「京哥你冷靜點，都是有點年紀的人了，這麼激動對心血管不好——」

「我心血管不好是誰的問題！我剛剛接到方律師的電話，說你簽了什麼不要命的免責書，勸都勸不住，到底是在搞什麼鬼！」

路浚衡拚命對著鏡頭裡的人比著噤聲手勢，見吳京雖然臭著一張臉，但總歸是閉嘴等他狡辯、噢不，等他解釋因由，這才稍稍鬆了口氣。

「京哥，我現在正在第一分局。我昨天不就跟你說了，我想申請當這次案件的『協助顧問』啊？你該不會以為我是在開玩笑的吧？」

螢幕中的吳京一臉無語，好半晌才開口怒罵道：「你是寫小說寫到腦子壞了？你的身分是作者！你的專業是文字！偵辦殺人案這種事，交給警察去做就好，你一個門外漢湊什麼熱鬧！

「你以為在書頁上殺過幾個人、破過幾個案子，就能當真了是不是！你寫的是虛構小說，不是探案紀實好嗎！給我清醒一點啊混蛋！」

明明隔著螢幕，路浚衡卻有種吳京的口水都噴到自己臉上的錯覺，忍不住把手機拿得遠遠的，等對方罵到一個段落，這才辯駁道：「京哥，你也把事情想得太嚴重了。我又沒傻到跟著警察衝第一線和歹徒拚命，我就只是跟在旁邊看看他們怎麼查案的、偶爾給點意見、坐在辦公椅上掰個天花亂墜的案情猜測罷了。」

他說著便抬起手，做了個秀出自己二頭肌的姿勢，打趣道：「我的拳擊招式還是跟遊戲NPC學的，你真當我腦子抽筋跑去和罪犯逞凶鬥狠啊？我就是第一次遇到有人模仿我的小說劇情殺人，忍不住想來看看到底是誰幹得出這麼瘋狂的事啊！！雖然殺人是錯的，但這算是對懸疑作家來說最厲害的致敬了吧！你不覺得超酷的嗎！」

對面的吳京再度無語，抽著嘴角譴責道：「我有時候真的懷疑你反社會，這是道德觀正常的人能說出的話？」

「咳咳咳、抱歉，想到等等就能見到偶像，我就激動過頭，口不擇言了，我反省、我反省……」

路浚衡也意識到自己的發言過於「地獄」，連忙拉回話題重點，再次強調道：「反正京哥你就別擔心了，我知道自己在做什麼。」

「一個簽署免責聲明，表示自己在辦案期間如果受到任何危害，范西市警局都不需要對你負責的人，真的知道自己在幹麼？你老實說，你是不是嗑了什麼不該嗑的玩意？我知道卡稿很痛苦，但解決方式有很多，靠吸毒找靈感是不對的。」

「京哥你在說什麼東西啦！」

這回換路浚衡被對方的說詞一噎，但隨即又有些無賴地說道：「簽免責書就是走個流程啦，這樣對市府那邊比較好交代。我真要在辦案期間遇上什麼危險，充滿正義感的人民保母怎麼會棄我不顧呢？」

「啊，就是這副無恥的嘴臉，跟你每次找理由拖稿的死樣子簡直一模一樣。」

吳京一臉嫌棄地看著路浚衡，接著話鋒一轉，嚴正告誡道：「你也知道這次的合作案還牽扯到市政府那邊，你要是搞砸了，可不是一部電影砸了那麼簡單，會有一堆人被拖下水的！你到底有沒有意識到這件事的嚴重性！」

誠如吳京所言，這次翻拍《西城警事》系列作的電影版，並不是單純的小說影視化那麼簡單，因為光是他們真正的大金主就來頭不小——

范西市政府觀光局！

路浚衡最初在撰寫這套小說時，的確就是以范西市為底本，創造了一個半架空的「西河市」——近似於幾年前治安環境還較差的范西市——作為束光警探發光發熱的舞台，故而字裡行間常出現與范西市相仿的街景與人文風俗。

由於這套作品在國內的知名度已經相當高，出版社認為是時候推出向海外拓展的策略，而其中最有效的方式就是「影視化」。

單純的文字呈現可能因為語言隔閡、翻譯水準等問題，而讓作品的意境失真，且受眾也比較窄。

但拍成電影或劇集就不同了，畫面與聲光效果的傳遞肯定比文字表現得更好、效率也更高，更重要的是：願意花兩小時看電影的人，總歸是比花兩、三天看一本小說的人要多太多。

對於這個改編計畫，出版社是野心勃勃的，但沒想到作者比他們的野心更大，居然靠著自己的人脈關係，和市政府搭上線，還把對方拉進來贊助拍攝。

對范西市政府來說，這算是一次不錯的宣傳企畫，想利用路浚衡在書中提到的一些市容來推廣范西市，便同意讓劇組在整個城市裡任意取景，為的就是在電影推出時，一併達成促進城市觀光的目的。

只不過，目前市政府還沒有正式對外公告是這部電影的真正金主。在他們看來，如果電影拍攝結果不甚理想，那還是不要大肆宣揚這個合作關係，對所有人都比較好。

電影如今也才剛進入拍攝階段，只是碰巧搭上路浚衡新寫的續集上市，就做了一次預熱式的發表會，也算是給范西市民一個小預告，接下來可能會時常看到劇組在穿街走巷地拍攝，進一步吊起所有人的好奇心，讓大家更期待電影上映。

正因為整個合作案背後有這麼多門道，在凶案發生的第一時間，出版社和劇組才會決定壓死消息，盡快遠離現場，就怕電影才拍了幾分鐘的內容，就因為這起惡劣的模仿殺人案而胎死腹中。

現在，各方的上級正因為這件事吵得不可開交，公關部門也焦頭爛額地準備著新聞稿，生怕消息一旦走漏會迎來一波輿論攻擊，未免情勢變得一發不可收拾，只能盡快提前佈署應對方案。

結果，某位應該低調行事的大作家居然跑到警局，說要幫忙查案……

這不是亂來胡鬧嘛！

路湲衡眼看吳京又有開罵的趨勢，連忙截過話頭說道：「你不相信我的判斷力，總該相信市政府跟警局分局長吧？沒他們同意，我能來當這個顧問嗎？」

「老實說，我想不到你一個寫小說的能幹麼？在旁邊拿個小本本記錄警探們辦案的英姿嗎？」吳京忍不住吐槽。

「記錄是一定要的，全部都是上好的題材欸！」路湲衡興奮得目露精光，隨後又信誓旦旦地道：「而且我怎麼就沒用了？我原作者欸，沒有人比我更懂這本書了好嗎？我可以幫忙分析凶手的動機、說不定還能預測他的下一步動作啊！」

「你快閉上你的烏鴉嘴吧，講得好像很希望還會發生第二起案件的樣子，小心他們先把你逮捕了。」

吳京語氣一頓，又道：「咦？逮捕了也不錯哦？把你關起來就可以逼你乖乖寫稿了？哇，我以前怎麼都沒想過這個催稿辦法，感覺應該很有效果！」

「……京哥，你現在的想法很危險啊。」

「要不然就期待你在辦案過程中出事好了，這樣你的新書就變遺作，我可以賣得更貴一點，你的讀者基於感懷你的心情也會多買幾本，雙贏。」

「雙贏個屁啊！能講出這種話的人才反社會吧！」

對於路浚衡的指控，吳京充耳不聞，而是一臉古怪地道：「話說回來，原來你那個『謬思男神』的事情是真的？居然連我都保密，藏得也太深了吧？」

路浚衡出版的每一本書都是吳京經手的，在真正動筆撰寫內文前的故事構思、人物設定等等，他都有參與討論，所以當路浚衡配合著昨天的訪談說出《西城警事》的男主角其實有真人原型時，他以為那只是在「做效果」。

掰故事就是這些創作者的專長，胡謅一個引人遐思的「靈感來源」，反而會讓人更受作品吸引，也會想去探究作者在創作時的心路歷程。

反正他就沒聽過路浚衡在寫「束光警探」這個角色時，有參考了什麼人的生平，以為那僅僅是一名被小說家創造出來的虛構人物。

吳京萬萬沒想到，路浚衡說的竟然是真話。

其實昨天在會場裡聽到凶案現場的特殊布置時，路浚衡雖然展現了極大的好奇心，並問了句該被天打雷劈的「我能要一張現場照片作紀念嗎？」，除此之外並沒有太激進的舉動，還是乖乖接受吳京的安排，低調回家等候發落。

但就在他聽到案件負責人的名字後，整個人就像瘋了似的，像個討不到糖的五歲小孩，不停嚷著要去警局協助辦案，不讓他去他就吵個不停。

吳京以為路浚衡是要以目擊證人之類的身分參與案件，就讓他稍安勿躁，反正警察總會找上門來，到時候該配合的還是得配合，不然他們都得被扣上妨礙公務的罪名。

豈料路浚衡說的是要進入偵辦小組，還說什麼自己可以當「協助顧問」，聽得吳京一肚子火，覺得這傢伙就是來亂的，把他臭罵一頓之後就放置不理了。

沒辦法，他那時忙著跟倪疏的經紀人組隊刷留言，拚老命和當天沒獲得偶像簽名的粉絲們溝通，許諾一堆補償與額外的好處，才好不容易將快要引爆怒火的群眾安撫好。

就在兩方經紀人忙著擬定這次活動為何倉促結束的聲明稿時，路浚衡就這麼溜去找他的「好朋友」，並成功替自己混到了一個顧問身分，可以明目張膽地加入警方辦案的隊伍中。

就很荒謬。

「好吧，都到這種時候了，也沒什麼好隱瞞的。我寫《西城警事》的契機就是霍警官，我就是因為得知了他的事蹟，才決定寫一個像他一樣的男主角……你知道的，我這人有英雄主義哈哈。」

多數人都以為路浚衡會以范西市作為故事背景的底本，是因為這裡就是他的老家，而在外界盛傳這種說法時，作者本人也沒有特別闢謠，久而久之也就成了大家公認的「彩蛋設定」。

但真正的來由卻是：因為霍啟晨在范西市，所以「東光警探」在「西河市」。

「那你幹麼不公開？這種事也沒什麼好隱瞞的吧？還是霍警官本人不想接受這種曝光？嗯，想想也是，被你這種胡來的傢伙當成靈感來源，大概有點丟臉。」

「喂！好好說話，不要沒事就人身攻擊！而且當我的靈感來源怎麼會丟臉？我好歹也是小有名氣、作品準備改編成電影的專業小說家欸！」

「嗯，對對對，你真棒。」吳京敷衍地應了幾聲，又問道：「是說，你講得好像他很厲害的樣子，但我怎麼從沒聽過他的名號？」

「一來是為了保護他、二來是他本人也不喜歡出風頭，所以雖然手上辦過很多大案子，但警局幾乎沒有對外公開表揚過他，一般民眾不認識他也挺正常的。既然你問了，我就來跟你好好介紹一番！」路浚衡說得頭頭是道，沒察覺螢幕那頭的吳京表情微妙。

「如果要說他辦過最大的案子是哪一件的話……你還記得去年那個被剿滅的毒梟集團嗎？新聞超級大、播了起碼一個月那個？」

「記得！那案子居然是他辦的？了不起啊！」

吳京訝然，因為他先前收到消息，得知這次案件偵辦的負責是霍啟晨時，就稍微瞭解過對方的身分，一個才二十七歲就坐上副組長位置的年輕人，確實算優秀了，卻不曉得他實際的履歷竟然這麼驚人。

路浚衡點點頭，難得收起那輕浮的神態，語帶嚴肅地道：「這最初只是一起看似普通的遊民死亡案件，若是其他人來負責，或許就把他當作是一個在街頭遇上惡棍、被毆打致死的倒楣蛋，直接結案了，連凶手是誰都懶得找。

「但霍警官覺得事有蹊蹺，堅持查到底，才發現死者其實是毒梟集團底下負責向街頭銷貨的基層人員，因為沒按上頭的吩咐，私自哄抬價格偷賺價差，才被集團裡的打手殺雞儆猴了。

「他最後獨自循線找到集團的煉毒工廠，繳獲了價值上千萬的海洛因，整個毒梟集團都被連根拔起，幾乎可以說是讓海洛因消失在范西市街頭，簡直就是個超級英雄！」

路浚衡也發覺自己越說越激動，就順了順情緒，讓自己稍微平靜點後繼續娓娓道來：「不過這種毒梟集團的餘黨很難徹底清除，警方怕霍警官會遭到報復，所以在案件報告中淡化了他的功勞，也沒有對外公布他是破獲這起案件的關鍵人物，只是在內部直接將他升職為凶案組副組長、然後多補償一些獎勵跟功勳什麼的吧？

「其實還有很多案子都像這樣，他明面上沒占多少功勞，可實際上卻是真正的大功臣。如果你有興趣，我也是可以跟你一件一件說明啦！有關霍警官的履歷，我瞭如指掌！」

「原來如此……」吳京沉吟半晌，又問道：「連這種僅限警局內部流通的訊息，你都如數家珍，聽起來真的是個非常專業的迷弟呢……感覺有點噁。」

「你那結論是什麼意思！誰噁了！我這是理性崇拜、健康追星！」

別人不知道，但吳京可清楚得很，這些訊息肯定都是路浚衡仗著自己跟某分局長是「好朋友」，從對方那邊討要來的機密訊息，很難說他這種近似跟蹤狂的行為，跟「私生飯」的差別在哪裡？

「我就是提醒你一下，你接下來如果真的要跟這位霍警官合作，最好把你這人來瘋的性子收一收，免得到時候嚇到人家，直接把你踢出偵查組，你這麼『辛苦』才弄到手的顧問身分當場失效。」

「呃……京哥你說的好像有點道理，我感覺我現在確實是有點興奮過頭的傾向。」

「呵呵，你好自為之。」

不等路浚衡再說什麼，吳京便直接掛斷電話，反正木已成舟，他也不可能把路浚衡綁回家，不如在這裡等著那傢伙自己把事情搞砸，灰頭土臉地回來，就能省去他好多時間與心力。

吳京認識路浚衡也快十年了，深知這傢伙有多善變，常有一堆天馬行空的想法與嘗試，但偏偏又對很多事只能保持三分鐘熱度，所以他極可能過幾天就發現跟著警察辦案一點也不有趣，然後自己乖乖回家寫稿了。

「話說回來，這臭小子其實是為自己的偶像寫了四本書嗎？」吳京忽地感到一絲玩味，隨手拿起書架上的小說，趁著休息空檔翻閱起來。

此刻得知《西城警事》這套作品的男主角，其實源自於霍啟晨，再重新閱讀書中的文字時，感覺便微妙了起來。

「偷偷摸摸拿人家當模板寫了四本書……果然有點噁，嘖嘖。」

◆

霍啟晨走進分局長辦公室時，人還處在恍惚中，直到把身後的門關上，才勉強回過神來。

「王局長。」

「欸，小晨啊。坐，我們討論一下你昨天說的那個案子。」

「好、好的……」

霍啟晨有些侷促地拉了張椅子坐下，和他隔著一張辦公桌的王秉華笑迷迷地看著他，在他坐下的同時還親切地遞上一瓶礦泉水，讓緊張到雙手無處安放的下屬可以抓著瓶子減輕焦慮感。

王秉華年近六十，但保養得挺好，加上面容始終客客氣氣的，沒什麼在上位者的威嚴感，所以外表看著就像個偶爾會坐在院子裡曬太陽、順嘴和路人聊幾句家常話的鄰家大叔，親切感十足。

當然，這只是表象，身為范西市警局的領導人物，他有各種馴服屬下的手段，絲毫不需要表現得像一名暴君，就能把手底下這些警員們管理得服服貼貼，絕對不是什麼任人拿捏的軟柿子。

事實上，霍啟晨就有點害怕這位王局長，儘管對方算是整個分局裡對自己最和顏悅色的同僚，但面對這種好像永遠都能猜到自己下一步的人，他總會不由自主地緊張起來。

他常覺得自己的任何念頭，在王秉華面前藏都藏不住，可對方在想什麼，他卻很難猜出來。

「小晨，別緊張，這次的案子和以前一樣，你想怎麼查都可以，我不會多管。」王秉華笑笑地說著，又朝窗外一指，續道：「就是這次的狀況稍微特殊一點，接下來會有個『顧問』和你一起搭檔辦案。」

霍啟晨能從百葉窗的縫隙中看到會客室裡的路浚衡，對方正對著手機螢幕比手畫腳，顯然是在和什麼人視訊，講得口沫橫飛，模樣很是激動。

「這起案子牽涉的問題比較多，但我相信以你的能力，肯定能夠應付。我現在就跟你解釋一下，為什麼會有這樣的特殊安排……」

王秉華的聲音將霍啟晨的思緒拉回，就聽前者開始說起《西城警事：慾望殺機》這部電影背後，其實有市政府贊助、市警局協助拍攝等等內情，現在出了這樣的模仿案，高層很擔心會對整個范西市的名聲帶來負面影響。

為此，王秉華當然是力薦自己手下最優異的警探來負責案件，同時請來該書原作者作為顧問，協助犯人側寫即預測可能的案情走向，盡力在最短的時間內將這名凶手繩之以法。

聽完分局長的簡要說明，霍啟晨語帶猶疑地問道：「可是路……路先生只是普通市民，沒有受過任何專業訓練，就跟著我一起查案……這樣的安排真的沒問題嗎？」

不是霍啟晨瞧不起路浚衡，而是警察本來就是個高風險職業，必須應付各式各樣的突發狀況，且一旦遇到危險，還不能第一個轉身逃跑，得先保護好周遭的無辜市民，是以執行法律、維持公共安全為己任的人民保母。

調查凶殺案，或許不像緝毒、防暴等組別的同僚們，一出勤就必然得跟歹徒正面碰撞，但也無法保證辦案過程就不會遇上任何凶險之事。

霍啟晨能自保，但路浚衡呢？難道還要他兼任貼身保鑣，一邊查案一邊護著這名特殊顧問嗎？

話說回來，霍啟晨在讀路浚衡寫的書時，書中雖然有某些情節為了戲劇張力而稍顯浮誇，但在描述警察這個職業時，他這個正牌警探倒沒覺得有太過失真之處，想來作者本人多少也有做過功課，並非是在一知半解的狀況下亂寫一通。

既然知道警察的工作既危險又辛苦，他一個窩在電腦前敲鍵盤的小說家，為何非得來參一腳？

就因為這是一起模仿他創作內容的凶殺案嗎？

還是說，他個人其實有什麼「特殊癖好」，就想近距離觀摩這名變態模仿犯？

這樣到底是誰比較變態啊！

霍啟晨越想越不對勁，眉頭都不自覺地皺起，王秉華見狀便笑著安撫道：「路老師知道分寸的，也答應偵辦期間會百分之百服從你的指揮；你如果覺得場面不適合他參與，他還硬要跟，大不了就把他銬在警車裡嘛。」

「……我真的可以那麼做嗎？」

看著霍啟晨認真的眼神，王秉華立刻醒悟對方把自己的玩笑話當真了，卻也沒有糾正的意思，反而故意板著臉點頭道：「嗯，你可以用妨礙公務的名義扣留他，時間不要太長就沒關係。」

反正那小子搞不好會覺得很有意思？王秉華面不改色地想著，在內心竊笑幾聲。

真是有趣呀。

「總之，接下來就讓你帶著他查案了。當然，這不是在玩什麼扮家家酒，你如果真的覺得他在妨礙你、干擾你工作，就來跟我說，我一定會開除他的顧問身分，你無須顧忌市府那邊的觀感之類的，我相信你的判斷力。」

霍啟晨壓根就沒想到什麼觀感層面的問題，他只覺得拎著一個外行人一起上班也太為難人了，分局長為什麼比他這個當事人還要有信心，覺得這樣的搭檔關係有可行性？

在王秉華一通勸說下，霍啟晨儘管心中還是帶著狐疑，但牴觸之意正在逐漸削減，只是隨即又被對方的後話說得滿臉通紅。

「我沒記錯的話，小晨你不是挺喜歡路老師的書，是他的書迷嗎？這樣也算是跟你的偶像一起工作了，感覺應該會挺有意思的吧？」

霍啟晨感覺自己心跳都漏了一拍，結結巴巴地道：「局、局長！我……你、你怎麼……怎麼會知道……」

他從來沒主動和同事說過這件事啊！

羅瑛侑之所以曉得他下班後的追星事業，還是因為某次不小心被對方看到了背包裡的角色周邊，遭到逼問後才坦承自己其實是個資深老書迷，那種紙本書買三套、電子書版本當然也要收、周邊更要第一時間入手——

連跨海簽書會都沒缺席，第一時間買機票飛去現場排隊的大迷弟！

難道是這位女法醫跟人八卦的時候，出賣了自己的底細？

霍啟晨有點難受，但一想到對方也沒有替自己保密的義務，便只能默默吞下這股委屈。

「哎呀，瞭解屬下的性格與喜好，是身為主管的義務嘛。小晨你不用這麼緊張，我知道你比較內向，不喜歡跟別人分享私事，所以我也沒對別人說過。」王秉華將手掌豎在嘴邊，半遮住口型，很沒必要地壓低嗓音續道：「連路老師那邊也不知道這個『小祕辛』哦……還是你需要我跟他特別提醒一下？」

「不、不必了！」

霍啟晨又羞又窘，手裡的塑膠瓶都被他捏得劈啪作響，隨時有當場爆開的危險。

若沒有相認，他可以催眠自己，他們就是「霍警官」和「路顧問」，兩人之間的一切事務全都公事公辦，如此一來他便能泰然處之。

但如果向路浚衡坦承，自己其實是他的死忠書迷……

救命！

他是連對偶像當面說一句「謝謝」，都要花好幾個月做心理準備的人！

跟偶像一起搭檔辦案，是想逼死他嗎！

看著霍啟晨這副坐立難安的模樣，王秉華差點沒忍住笑意，但還是憑藉著強大的表情管理技能，強行壓住試圖上翹的嘴角，正色道：「對了，口罩拿下來吧。平時那些老油條動不動就跟我抗議，說你總是遮著臉，就是故意擺酷不理人、沒大沒小什麼的。我知道你沒有那個意思，所以都是叫他們滾蛋，別沒事就想找你的碴。

「但那畢竟是自己人，我們內部的事情，我說了算，他們也不敢槓我這個分局長。可路老師是外人，又跟市府的人有些淵源，給他留下壞印象也不太好。我們盡量表現得親民一點，警局給人的形象也會比較好，你說是吧？」

霍啟晨嘆了口氣，乖乖按照分局長的指令把口罩摘下，露出他那張鮮少出現笑意的年輕臉龐，頓時又感到更加不自在。

但這是上級給的命令，況且理由聽著也挺合理，他只能強忍住那股不安，催促自己盡快進入工作狀態，把那些亂七八糟的思緒拋諸腦後。

不過，他還是語帶困窘地坦承道：「局長，我不知道該怎麼做……就是您說的『親切』，到底該怎麼表現？我不擅長和人相處，很可能會搞砸。」

要他凶神惡煞地審問犯人，這絕對沒問題，但要他當個親切和藹的外交大使，那完全就是在整他。

別說路浚衡這個外人了，就沒見分局裡有幾個自己人能和他處得來。

「這個嘛……」王秉華措辭半晌才笑應道：「如果搞砸了，就把錯推到他身上！反正他都簽了免責聲明了嘛。」

「……咦？」

「別『咦』了，走吧，我帶你們兩個正式會面。」

王秉華主動起身拉開自己辦公室的大門，正好就見斜對面的會客室門口探出一顆腦袋，滿臉期待地東張西望著。

「老王！終於談好啦！」路浚衡此刻就像隻準備出門散步的大狗，步伐雀躍得都要離地飄起，三步併作兩步地衝到王秉華面前，用力拍起他的肩膀。

「跟你說多少遍，上班時間叫我『王局長』！什麼老王……」王秉華沒好氣地翻了個白眼，卻也沒躲開路浚衡的手，而是稍微側過身子，將擋在身後的人影顯露出來。

「來，這就是你吵著要見的霍警官，我們范西市警局第一分局的王牌，霍啟晨——」

王秉華還來不及反過來對霍啟晨做人物介紹，這位編制外的特殊顧問就自己閃身來到霍啟晨面前，握著他的手上下搖晃。

「霍警官你好！終於見到你了，我已經迫不及待要和你一起查案了！天啊，這實在太令人激動了，比我卡稿半個月、突然靈感暢通還要令人激動！我現在甚至有股想要快點寫出續集的衝動，京哥聽到應該會感動得要死……」

路浚衡說到後面已經像是在自言自語，霍啟晨看著這名既熟悉又陌生的男人，眉宇微蹙，忍不住脫口問道：「所以你到底是來辦案，還是來取材的？」

這聲略帶冷漠的質問讓路浚衡過於高昂的情緒稍降，但依舊無法澆熄他的熱情，面對偶像的問句，他既快樂又誠實地答道：「都有！」

霍啟晨用力抿著唇角，把那一聲「滾」又嚥回肚子裡。

俗話說，距離產生美。

這一刻的霍啟晨，想回到那個只通曉路浚衡的創作、但不熟悉他本人的時候。

路浚衡此時給他的觀感極差，儼然就是個不拿人命當一回事、把凶案當有趣素材來看待的獵奇分子。

果然是個變態吧？還是特別欠揍的那種。

這案子辦完，霍啟晨懷疑自己可能會從迷弟的身分徹底畢業。

Chapter 4 接下來的內容請付費解鎖

霍啟晨發現自己錯了，不用等到案子辦完，他現在就有「脫粉」的衝動——在與路浚衡相處不到一小時後，這個想法已經強烈到一發不可收拾。

「哇……還真的一模一樣，光看照片就會起雞皮疙瘩，現場版應該更震撼吧？」副駕駛座上的路浚衡嘴上嘖嘖稱奇，捧著載錄了案件資料的平板電腦，神情認真地端詳螢幕上跳出的案發現場照，還滑著指尖不停放大、縮小、旋轉，務求從每個角度觀察到所有細節。

「霍警官，我能不能拷貝一份作紀念啊？」

「……不能。」

「唉，真可惜。」

霍啟晨太陽穴上的青筋都微微浮起，再度告誡自己身邊坐著的人不是嫌犯，而是一起辦案的搭檔，努力按捺住不斷湧上的怒意與焦躁，讓自己專注在開車這件事情上。

事先在警局裡做完簡報後，原本要先查死者背景的霍啟晨，最後決定帶著路浚衡回到案發現場做二次偵查。

除了一開始碰面那會兒有點過於激動，路浚衡之後表現得倒還算正常，對霍啟晨的下的指令也照單全收，沒有預想中那樣冒失莽撞。

但霍啟晨依舊不喜歡他的態度，因為後者居然堂而皇之地將那種彷彿出門郊遊的愉悅感掛在臉上，表現得既輕浮又無禮。

霍啟晨幾次想出聲訓斥，讓路浚衡收起那副玩世不恭的姿態，可就是如他這般情商不高的人，都能輕易看出王局長與這位路顧問的私交匪淺，就讓他把想罵出口的話又硬生生吞回肚子裡。

他其實還是搞不太懂，為什麼拍一部改編電影還能牽扯出這麼多門道，但至少他知道，王秉華是真的認可他的能力，才會放心將案子交給他處理，他不能讓這位力挺他的上司失望。

如果讓長官滿意，是代表他得在查案途中忍受這名門外漢的存在，同時還得把案子辦得漂漂亮亮，那他就忍了！

反正王秉華都說了，某人如果有搗亂的意圖，把他銬在警車上就行。

又或者，路浚衡其實也沒那麼糟糕，是他過於武斷了？

霍啟晨驀地反省起自己的行為，因為他發現自己似乎對路浚衡過於苛求。

曾經，路浚衡的作品陪他度過了一段很煎熬的日子，說是心靈寄託也不為過，加上那時的他也不過就是個懵懂青澀的中學生，對作品的喜愛蔓延到創作者本人身上，一直將路浚衡視作人生中最重要的人。

只不過，隨著年紀增長，霍啟晨雖然依舊喜歡路浚衡的文字，但也漸漸將作品與作者分開看待，愛屋及烏的心態日益趨緩。

對他來說，路浚衡始終是他的偶像，但更多的是因為感念他寫出這些作品、崇拜他十多年來未曾懈怠地創作，且越寫越好，並未因自己聲名鵲起就忘記了寫作的初衷。

所以他每本新書都全力支持、每場活動都盡量參與，哪怕自己面對偶像總會緊張得腦中一片空白，他還是會鼓起勇氣將手中的書遞出去，請作者留下簽名。

他希望路浚衡知道，有人真的很喜歡他寫的故事，更希望他能在讀者的支持下一直、一直筆耕不輟。

但就因為追了對方這麼多年的書，自己便對作者本人設下既定印象，甚至覺得路浚衡也得跟他寫的書一樣，符合自己的喜好，一旦發現有不合意的地方，就開始討厭起對方……

憑什麼？他根本就不認識路浚衡，更沒和對方說過幾次話，怎麼就能理直氣壯地批判別人了？

我真是幼稚。霍啟晨頓時感到一陣羞愧。

平心而論，路浚衡在身為創作者這方面，確實已經做得非常優秀，既認真經營作品、也認真經營與讀者的關係。

他不只作品品質有保證，產量也很穩定，更會花不少時間和讀者交流互動、向出版社爭取許多福利回饋粉絲，連不是他追蹤者的路人都會同意，這是一位很會「寵粉」的公眾人物。

所以，自己到底是拿什麼標準在要求這位「路顧問」？覺得他也得像當作者的時候，在刑事偵查上做到盡善盡美嗎？

那他還當什麼「顧問」？直接找他來當警探得了。

霍啟晨決定，先把一個小時前留下的第一印象抹除，接下來慢慢觀察路浚衡的表現，等真正共事過一段時間後，再來重新審視這位顧問先生到底做得好不好。

而在他努力淡化自己對路浚衡過於草率的評斷，並把注意力轉移到兩人這段奇妙的搭檔關係後，那遲來的緊張感終於匆匆抵達現場。

我現在是……要跟我最喜歡的作者一起辦案啊……

救命……

霍啟晨滿腦子的「完蛋」二字，自己昨天為了簽書會而積攢的勇氣，好像已經差不多耗盡，這下該輪到焦慮與窘迫登場了！

淡定，冷靜，專注在查案上！

霍啟晨正在那裡忙著幫自己心理建設，沒注意到鄰座的路浚衡早就沒在看照片，而是直勾勾地盯著他看。

路浚衡必須說，這位偶像跟他想像中的模樣——

差好多啊！

別的不提，起碼在年紀這點上，霍啟晨就出乎路浚衡預料的年輕。

路浚衡當然知道這位霍警官的實際年齡，但正因為聽過太多他的事蹟，總會把對方想像成是個硬派男子漢，身上自帶一股老練冷峻的氣質。

冷峻這點倒是有，甚至比路浚衡描述的「東光警探」還要冷，但如果霍啟晨不開口說話，其實也看不出他身上有什麼鐵血煞氣，頂多就是個沉默寡言的年輕人。

而且應該不是錯覺，路浚衡好幾次發現對方在閃躲他的視線，似乎不喜歡與他四目相接，回話也是言簡意賅，好像多講幾個字就會感到厭煩。

其實就連跟自家分局長對談，場面也是王秉華一人滔滔不絕，霍啟晨頂多在關鍵處稍稍點個頭、應個聲，表示自己有在聽，不知道情況的人還以為他才是上司，正在聽下屬報告工作日誌。

路浚衡不確定霍啟晨是不是故意對他這個外人擺臉色，本想看看他和自家人互動時，是不是也頂著這副愛理不理的模樣，結果發現他根本就不怎麼和別人交流，在警局裡待著的那幾十分鐘，就沒看到任何人和他打一聲招呼。

那感覺與其說是他為人低調，不如說是……

有點像個「邊緣人」啊？

路浚衡和霍啟晨不同，沒打算把心裡話忍著，這就閒聊般開口道：「其實我很早以前就開始在關注霍警官你了，但聽老王說你不太喜歡跟人接觸，我就沒特別找機會認識你一下，只是偶爾聽老王講講你的事蹟，在心裡感嘆你真是年輕有為呀，要是能交個朋友就太好了。

「現在正式會面過後，我必須說——你給人的感覺，跟我預想得很不一樣！」

霍啟晨聞言一愣，腦中頓時被一大堆問題充斥。

為什麼要關注我？從什麼時候開始這麼做的？

想認識我？跟我交個朋友？

我在你的預想中，又是什麼樣子的人？

紛亂的思緒一閃而逝，霍啟晨想到方才的自我檢討，也意識到自己先前的態度實在不妥，一直對人敷衍了事，要論身為搭檔的素養，他也不及格。

於是，他盡力一改稍早那種不耐煩的態度，用自認為還算和顏悅色的口氣問道：「所以呢？」

鼓勵對方發表自己的想法，積極延續他人發起的話題，並適當表現出自己也很感興趣的樣子……

嗯，都按書上說的去做了，這樣應該可以帶來一場愉快的聊天。

如果霍啟晨在駕駛期間能趁空用眼角餘光瞥一下路浚衡，就會發現對方臉上的表情有多錯愕。

這、這麼凶的嗎？

路浚衡沒料到霍啟晨會是這種反應，但迅速觀察一番後，又發現對方並未動怒，似乎是真的在好奇自己還有什麼後話，便試探性地續道：「所以……有空的話，能不能多跟我講講你辦過的案子？雖然大部分都聽老王說過，但我覺得從你的角度出發，或許會聽到風格完全不一樣的故事？」

霍啟晨眉宇皺起，表情像是被這問題給冒犯了，惹得路浚衡心裡七上八下，生怕車子在路過下個紅綠燈時，自己會被司機直接踹出車門。

就見霍啟晨思考半晌後，卻是淡淡應道：「不涉及機密內容的話，說給你聽也沒關係……但你不能寫進書裡，那會對被害人和家屬造成困擾。」

「啊，這我知道。而且就算要寫，也會做大量的『藝術加工』，不會讓人看出來是在影射哪一起特定案件，你放心吧！」

路大作家拍著胸脯高聲保證，表示自己相當熟悉這種「如有雷同，純屬巧合」的操作方式，霍警官完全不必擔心這方面的問題。

反正他早就把霍啟晨從警生涯的種種歷程「藝術加工」後，再套用到「東光警探」身上，而截至剛上市的的系列作第四集為止，都沒出過什麼問題。

渾然不知自己早就成了對方的題材庫，霍啟晨聽得懵懵懂懂，認為自己要尊重對方的寫作專業，也就沒在這件事情上多加追問，轉而說道：「你先說一下昨天在會場的經歷，有必要的話，你還是得以證人身分作一次正式的筆錄。」

這生硬的話題跳轉又讓路浚衡有些措手不及，想不透為什麼兩人的對談，會從輕鬆的閒聊忽然換成嚴肅的案情討論？

他再次端詳起霍啟晨的表情，細細品味他眉眼間流露的神色，嘴角漸漸勾起。

俗話說，距離產生美。

但沒了距離，反而能看見更有意思的風景？

要跟偶像一起搭檔辦案啊……

實在太有趣了！

◆

「雖然鑑識組已經採證完畢，但案發現場還沒解封，小心不要汙染到證物。」

路浚衡接過霍啟晨遞來的乳膠手套，邊戴邊說道：「其實那天我也來用過這廁所，裡面搞不好會出現我的指紋哦。」

霍啟晨一挑眉，語帶詫異地問道：「你們沒有後台獨立、或員工專用的洗手間？」

「有，但壞了。」

路浚衡無奈地搖搖頭，繼續牢騷道：「我昨天彩排的時候就很想吐槽，這場地真的有夠爛的，一堆設備用不了，動線跟活動區塊也安排得亂七八糟，連個正規的逃生路線都沒有。要是當時沒壓住命案的消息引起恐慌，絕對會出現踩踏事件。」

昨天舉辦發布會的場地，原本是棟三層樓高的婚宴會館，在十幾年前算得上是范西市中相當優異的活動場所。

重點：十幾年前。

現今沒有那麼多新婚夫婦會舉辦規模甚大的婚宴，而有這種需求的人則會選擇更時髦、更漂亮的場地，於是這棟會館就陷入了收益銳減、修繕經費不足、場地變得更破爛、顧客更不會想來租用的惡性循環之中。

霍啟晨聽著路浚衡的抱怨，只覺得英雄所見略同，本想出聲附和，但忽然意識到，那樣可能會不好解釋自己為什麼對活動場地的情況如此熟悉，便只是簡短問道：「為什麼不找條件好一點的地方？不是說這個拍攝企畫有市府的資助嗎？」

「欸，這該怎麼說呢？讓我想想……」

陷入思考的路浚衡剛要做出他的習慣動作，一隻手忽然伸過來拉住他的手腕，霎時制止了他要碰自己嘴唇的舉動。

「手套。」霍啟晨淡淡提醒一聲，在路浚衡反應過來前就放開手，隨後一臉稀鬆平常地轉過身繼續往前走，好像方才什麼事都沒有發生。

僅有那被衣領和髮絲遮擋住、略為泛紅的耳根，悄悄透露出端倪。

「噢、對哦，忘了我還帶著手套……」路浚衡慢了半拍才回過神，但隨即又陷入一陣困惑之中。

他怎麼知道我要做什麼？

心中雖然漾起一絲古怪，路浚衡卻也沒在這件事情上糾結，仔細解釋道：「我跟倪疏在我們自己的行業裡，其實還算不上什麼大咖。我可能稍微好一些，但倪疏就是個演藝圈新人，他的經紀人很想替他造勢，就堅持一定得辦這個發表會，幫他增加曝光度。

「可是製片公司不想花太多錢在這件事情上，也覺得沒必要才剛開鏡幾天就開始打廣告，更重要的是，市府那邊的態度也是希望初期先低調一點，一群人在那裡拉扯好幾天，最後就是談出這麼個尷尬的結果。」

路浚衡這麼一說，霍啟晨也算是明白，為什麼當天的一切看起來都是那麼的「勉強」，在那種時間與經費都不足夠的情況下硬湊出來的活動，不出點意外都說不過去——

雖說在活動中途死了個人的「意外」，著實是太大了一點。

「那你呢？」

「我？」

路浚衡愣了一下才想通霍啟晨應該是想問，他怎麼好像在這件事情上沒有話語權，這就笑道：「我跟我家讀者都很隨和的，在哪裡辦簽書會其實都無所謂。說實話，要不是時間不允許，我連名額都不想限制，每次都想簽到手抬不起來再走啊，可惜京哥……噢，就我家編輯，他不答應。

「京哥說，一定要限量，讀者才有動力搶、才知道珍惜……對，就是飢餓行銷那一套，他就是個邪惡又勢利的商人！」

說到此處，他一手摀著胸，語氣略顯浮誇地道：「可是，每個買了我的書的人都是天使、是我的心頭寶貝！只要他們願意來見我，我就開心得要死，我才不在乎什麼經費、場地之類的事情，就算是讓我站在路邊簽書都可以啊！」

霍啟晨忍不住回頭看著路浚衡那副陶醉的表情，但又馬上收回視線，心中不停叨念著「他不知道」、「他不是在對我說這些話」，才把那股強烈的羞恥感硬生生壓回心底。

「你離題了。」

「咦？是嗎？剛剛說到哪裡……噢，總而言之，我跟出版社這邊沒什麼意見，就是完全配合倪疏的團隊辦這活動，什麼入場名額、票券那些，也都是他們經手的。

「所以我後來發現，居然有黃牛在高價轉賣入場票，也是挺頭大，因為這表示這些票都沒有綁定身分，萬一出了什麼問題——例如這次的案子——回頭想找齊當天所有參與者，幾乎是不可能的任務。」

路浚衡這句話算是戳中霍啟晨痛處，後者直接毫不掩飾地長嘆一聲，憤懣地道：「然後你們還壓著消息，第一時間自己跑路。在我們警方正式接管現場前，已經有些人趁著混亂先行離場了，想找都找不回來。」

路浚衡自知理虧，也有點不好意思，但還是故作輕鬆地道：「所以這不是請你這位『王牌』來偵辦了嗎？以你的傑出能力，就算開局不好，也能力挽狂瀾——」

「我不是什麼王牌，我只是個普通的警探，做著份內的工作，僅此而已。」霍啟晨插話的同時停下腳步，卻沒有回頭，淡淡續道：「這不是你的小說，我也不是你的書中角色，別擅自替我安排什麼跌宕起伏的情節。」

我又不是正義英勇的「東光警探」。霍啟晨強忍著沒說出這句話。

但你就是真人版的「東光警探」啊！路浚衡強忍著沒說出這句話。

兩人一時竟陷入詭異的沉默中，但不等路浚衡再找新的話題緩解尷尬，霍啟晨就率先推開防火門，踏進二樓走廊的同時說了句：「凶手應該不是當天來的粉絲書迷，而是工作人員。」

「嗯？你怎麼知道？」

他們剛從地下停車場走上來，路洝衡本以為霍啟晨就是個拿爬樓梯當日常運動的人，反正也才兩層樓，花不了多少力氣，就沒多問對方為什麼不坐電梯，一邊閒聊一邊拾級而上，哪知道一出樓梯間，對方就突然提出這樣的結論。

霍啟晨平時習慣一個人思考，聽到路洝衡的發問才想起自己有個「期間限定」的搭檔，不太適應地開口解釋道：「凶手先是對死者注射K他命、將人迷昏後，才用領帶勒死他。而鑑識組昨天已經在會館地下室的垃圾集中區裡，找到了棄置的針具和凶器。

「鑒於電梯裡有監視器，且出入口離垃圾集中區較遠，凶手極可能就是犯案後直接從男廁拐入逃生樓梯、跑下樓扔完證物後，再趕回活動現場。

「畢竟，假如凶手是個隨時能離開會館的人，應該沒必要把作案工具丟棄在案發現場附近，而是帶走之後隨便找地方扔了更好。反正我們又不可能把整個城市的垃圾桶都翻找一遍，而且像小針筒和領帶這麼普通的東西，也完全不起眼，根本難以辨認。」

「嗯……有道理。」

誠如霍啟晨所言，凶手如果是粉絲書迷、或是受邀來採訪的媒體記者，在殺完人後隨時都能帶著凶器離開，再找個更隱蔽的地方將東西處理掉，便能萬無一失。

按照這些人的身分，任意進出活動會場是很合理的，直接中途離席都不是問題，反正也不會有人在中場休息時點名，看看還剩幾個人要等著拿偶像簽名。

更何況，當初抽入場券的時候，都沒給中獎者做身分綁定了，點名也沒什麼意義。

但假如是籌辦這次活動的製片公司、經紀公司、或是這棟會館的工作人員，在活動期間任意離場，都有可能引起不必要的注意。

凶手最多只能把這些證物扔進垃圾堆裡，這是最快速便捷的處理方式，還能嚴重汙染證物、輕易達到加重警方蒐證壓力的目的。

「欸，等等，這豈不是說……我也有嫌疑嗎？」

霍啟晨冷冷看著嘻皮笑臉的路浚衡，後者還覺得自己開了個挺有意思的玩笑，繼續說道：「哇，這轉折可以啊？本以為是個變態在模仿小說情節殺人，結果警方在深入調查之後卻發現，凶手原來就是作者本人！他之所以犯下案件，是想對曾經貶低他作品內容的人證明，他在書中描寫的殺人方案是可行的！」

越說越起勁的路浚衡居然拿出隨身筆記本，在上面草草寫下自己靈機一動想到的「劇情」。

「噢對了，也可以有另一種安排，例如像這樣的……」

……恣意潑灑的溫熱鮮血、一次比一次微弱的喘息、逐漸失去光亮的眼神、凝聚在面孔上的害怕與猙獰……這些都曾經是他沉迷於殺戮時，最能為他帶來快感的事物。

可漸漸地，他發現自己已經很難從中獲得樂趣了。

即便用上詭譎花俏的手段奪走一條人命，也無法再得到第一次殺人時，那種讓他興奮到彷彿靈魂都在顫抖的愉悅感。

該怎麼辦呢？

或許他該改變的，不只是殺人的方式。

他開始提筆寫作，將腦中幻想的畫面仔細描摹出來，並將這些內容包裝成一本寫實的犯罪小說，自己拿著錢讓出版商替他上架。

那本書賣得不是很好，但他不在意。

他只是在小說上市沒多久後，故意按照劇情執行他的謀殺計畫。

在這一刻，他的作品彷彿成了一種「殺人預告」，又像是他的「個人傳記」，讓發現作品與凶案有關聯的人都產生了恐慌。

他果然再次體會到了那種難以言喻的快意。

我必須將這本書的所有情節都呈現出來，我還有好多人要殺呢。他這麼告訴自己，並以一種幾乎可以視作虔誠的心態在執行他的謀殺計畫。

他覺得自己不再是個只會揮砍屠刀的屠夫，而是成為了一名「藝術家」。

他昇華了。

接下來，他不只要完成第一本書的所有凶殺案，他還會寫第二本、第三本……

他要世人都為了他的「創作」而顫慄！

終於，那名警探接下這起駭人聽聞的模仿案，並決心要將這變態殺人魔繩之以法。

那是這座罪惡淵藪中的一道曙光，是西河市的羔羊們祈求的對象——

「我一定會阻止他。」東光警探如此說道。

而在城市深處的陰影中，那惡名昭彰的「藝術家」正準備對他的下個獵物伸出魔爪……

起初還想訓斥人的霍啟晨，聽到後面居然有點入迷，在路浚衡故意拖長尾音製造懸疑感時，不禁催促似的追問道：「然後呢？」

路洝衡看著霍啟晨那專注中又隱含著些許期待的眼神，心中忽地有股難以形容的騷動，讓他忍不住笑瞇起雙眼。

「霍警官想知道故事後續的話……接下來的內容請付費解鎖，畢竟我是靠寫故事吃飯的嘛！讀者的訂閱，就是對作者最有力的支持唷！」

我付錢！快跟我講結局！霍啟晨憋紅了臉，一時間有種想要掏出手機登入銀行帳戶、當場匯錢給路洝衡的衝動。

然後疑似EQ不太高的他，在看到路洝衡臉上那似笑非笑的神情時便領悟，自己八成是被這位大作家「調戲」了。

「這是現實辦案，不是你的小說創作，給我嚴肅一點，混帳！」

某警官惱羞成怒，氣得當場爆粗口。

「哎呀，人生如果一直那麼嚴肅的話，哪還有什麼樂趣可言？就是要像我這樣，善於從生活中挖掘靈感、拓展想像力，活得才有意義嘛。」

眼見霍啟晨臉色越來越黑，路洝衡連忙改口道：「當然，該辦的正事還是得辦！剛剛說到哪裡了？噢對，凶手可能是走這逃生樓梯下去丟棄證物的？」

霍啟晨惱怒地瞪了眼路洝衡，這才接話道：「我懷疑是這樣。因為這邊沒有任何監視器，而這棟會館保全巡邏的時間間隔也很鬆散，被人當場撞見的機率極低。」

說起那些保全，霍啟晨也備感無奈。

在昨晚整理完保全們的證詞、外加方才在車上聽過路浚衡的補充版本後，霍啟晨算是勉強拼湊出當天的事發經過。

昨天的活動正式開始是十點，不過從九點就開放粉絲入場，而工作人員更是早上六點就已經到場進行布置，所以打零工的保全大概五點左右就上工了。

是的，因為一個月根本承辦不了幾場活動，所以這些保全們只有一位是本來就在會館工作的正職，其餘六人都是臨時工，而且還不是從專業的保全公司應聘，而是上網貼職缺招募找來的人，專不專業另說，反正肯定都很急著用錢，聘用的合法性甚至有待商榷。

就像路浚衡說的，他跟倪疏都沒有紅到一出現就萬人空巷的地步，尤其倪疏就是個剛從網拍模特兒轉戰戲劇圈的新人，連個代表作都沒有，論知名度算是比路浚衡還低。

起碼路浚衡這些年上報紙娛樂版面的次數，都比倪疏這個演藝圈新人多。

所以不管是製片公司、或是這次負責承辦活動的會館，都不覺得這個發表會有什麼太大的維安需求，對保全的要求也只剩執勤時的態度好一點、外表看著整潔乾淨就好。

這一名正職加六名臨時保全，沒有進行完整的職前教育，甚至連會館的平面圖都還沒背熟，只知道今天來這裡就是協助管理活動秩序的，另外稍微注意一下別讓沒戴識別證的人混進去，這樣就行。

所以當他們發現屍體時，除了找主管彙報並等候發落之外，根本沒人知道正確的處理流程是什麼。

說實話，他們在發現屍體時沒驚慌失措得到處嚷嚷、造成群眾恐慌，已經算得上是表現不俗。

當天剛過十點半，會場裡正在進行訪談節目，輪到負責場外巡邏的警衛發現會場二樓的男廁前面，不知道何時被人放置了「清潔中」的立牌。

那種牌子平時就是收在廁所的工具間內，工具間也並未特別上鎖，所以基本上誰都可以拿取。

這就讓這位保全產生一絲懷疑，因為清潔人員也是一群臨時工，而他們是被要求在活動開始前及結束後到會館打掃，所以現在應該沒有人負責場地清理才對。

有人惡作劇？懷抱著這樣的念頭，還算有警覺性的保全在發現裡面果真沒有清潔人員，但有一具熱騰騰的屍體後，在廁所裡腿軟了半分鐘，然後半爬著出來和雇主通報這則噩耗。

接下來就是路湲衡幫忙補充的，在收到消息後，製片公司強力要求所有人立刻「跑路」，因為他們是真的怕消息一旦走漏，這部電影的拍攝會被市府勒令停工，甚至直接取消，那樣不只是虧錢的問題，聲譽也會大受打擊。

最後就是人在現場的霍啟晨察覺情況有異，隨後強勢接管了案件調查，但也晚了一步，沒能把這群相關證人給留住。

事情發展就是如此荒謬，但在復盤完整個案發過程後，確實能發現許多暗示凶手身分的細節。

別的不說，就這個可以抓準空檔完成誘拐、迷昏、殺人、布置凶案現場的手段，絕對是個能夠接觸到完整活動排程細節的人。

起碼他知道所有活動流程的時間表、人員職務安排、場地布置，才能如此大膽地在一個與會總人數超過三百的活動會場中，施行這起令人毛骨悚然的殺人案。

依照這樣的條件去篩選，霍啟晨認為嫌疑人的名單將大幅縮短。

只可惜，當他說完自己的推理後，路湲衡卻給了一個壞消息。

「你講的這些資料，其實當天所有工作人員都看得到，真的是『所有』。」

路湲衡拿出自己的手機，一陣操作後向霍啟晨展示了一個聊天群組，赫然就是這次發

布會的「工作群」，裡面雖然還有細分不同工作組的分支群，但可以看到資源分享區裡，就載錄了所有資訊，只要是群組裡的人，都能看見並下載檔案。

然後霍啟晨定睛一看這個群組的總人數：七十六人。

「這裡面有一部分是主管和內勤人員，就是昨天沒親自到現場的那種，所以實際滿足條件的人數，應該能刪去……一半？三十幾個人就不算太多了吧？」

霍啟晨撇撇嘴，對路浚衡的樂觀不置可否，反問道：「你們這些訊息，都是沒有特別加密的吧？那就表示只要有在群組裡的帳號權限，其實誰都能獲取，嫌疑人數量不減反增。」

「啊，也是……這種普普通通的粉絲見面會，資料能機密到哪裡去？我們也沒登記領券人的個資，頂多留個 Email 做記錄而已。」

兩人聊著聊著，已經來到男廁隔間，路浚衡第一眼就注意到牆壁上的殘膠污漬，不禁感慨道：「太拚了，居然還用強力膠？這是個對細節很有堅持的人啊……」

凶手應該是考慮到發現者會觸碰屍體查看生命狀態，很可能因此破壞了畫面的準確性，竟然以這種近乎荒謬的方式來固定死者的姿勢，嚴謹中又透著一絲病態，讓人不寒而慄。

但聽路浚衡這語氣，卻像是沒有那層恐懼，反而還對此感到新奇無比。

霍啟晨剛要出聲訓誡對方注意態度，耳邊就聽他說道：「他很顯然想引起我這個原作者的注意，然後呢?他也沒有留下屍體以外的更多訊息，我不知道他想表達什麼啊？」

「也許引起你的注意力，就已經達成他的目的了吧？」霍啟晨搖搖頭，又道：「但凶手也有可能是故佈疑陣，試圖影響搜查重點，讓我們以為這是模仿案，可實際上是為了掩蓋真正的殺人動機。或許凶手是因為私人恩怨才對死者下手。眼下還沒有調查清楚死者的背景，不能武斷地做下結論。」

他頓了頓，續道：「別凡事都往你自己身上想，太自作多情了，也會讓思路窄縮，不利於推理。」

這話如果由別人說出口，聽起來肯定就是嘲諷滿點，但霍啟晨的語氣卻更像在認真勸戒，讓人惱怒的同時又覺得有點微妙。

路浚衡的反應也挺奇妙，不僅絲毫沒有感到被冒犯，還笑迷迷地同意道：「嗯嗯嗯，非常縝密的思考方式，不愧是王牌。」

這下反而是霍啟晨不爽了，原本被自己壓抑住的怒火又有復燃的跡象。

他發現了，對方雖然沒有惡意，可那種彷彿研究員在觀察實驗物的眼神實在太令人討厭——

研究員在餵藥給小白鼠時，也沒有惡意，因為他只想知道實驗的過程和結果為何。

「去看監視錄影帶。」霍啟晨決定無視路浚衡，自顧自地開始進行他的調查了。

結果，就聽路浚衡在旁制止道：「不用去看了。他們沒跟你說嗎？昨天監視錄影器根本沒開啊。」

「……什麼！」

霍啟晨大驚失色，連忙快步前往管理室，追在他身後的路浚衡還在絮叨，嘴不停地說道：「其實我昨天就問過會館的人，有沒有拍到什麼可疑人士進出案發現場，結果他們推託了半天才承認，監視錄影器根本沒開。好像是因為沒錢更新系統還什麼的蠢理由，導致他們的監視器其實跟故障了差不多，能拍不能存，所以乾脆就不開了。」

「不過你為什麼不知道這件事？這不應該是第一時間就要通知你的消息嗎？」

「我……」霍啟晨很不好解釋這個問題，說老實話就是因為案子暫時就他一個人負責所有工作，導致他在時間精力有限的情況下，通常會先處理最急迫的問題，而部分沒那麼緊急的訊息，會堆到他有空時再一一查閱。

顯然，證物組沒收到監視錄影帶做留存的這個消息，就屬於沒那麼緊急的類型，所以他可能有收到通知，但還沒時間讀。

但他不知道自己該不該對路浚衡一個「特殊顧問」說這些內部工作調度的問題，乾脆轉而說道：「那我剛剛的那些推理就不成立了，既然監視器根本不存在的話，凶手可以說是在案發現場來去自如……不，前提是他知道監視器沒有作用……」

霍啟晨在和管理室的人確認監視器的確沒有開啟後，又徹底把整個會館的各個角落都踩了一遍，發現即便監視器有作用，可能也拍不到什麼關鍵畫面。

一來是監視器的數量其實遠遠不夠，拍攝畫面根本不足以覆蓋會館所有公共區域；二來，好幾支監視器的視角也有問題，尤其是舉辦活動的二樓區塊，居然出現了鏡頭直接照著牆面的詭異情形，根本拍不了任何東西。

他特地拉了張椅子站上去，仔細觀察那幾支角度不對的監視器，而路浚衡就在下面觀察他的一舉一動……

「有話就說！」霍啟晨被看得渾身不舒服，沒好氣地吼道。

「噢，沒事沒事，我就是近距離觀摩一下偶……你都怎麼辦案的，不用管我沒關係。」

霍啟晨低頭瞥了眼路浚衡，這就幽幽說道：「你是不是把我當題材了？」

諒他再遲鈍，也總該想起來這位顧問的本職是一名小說家，且近期最紅的作品就是懸疑刑偵類的題材，主角更是個在第一線和罪犯搏鬥的警探。

撇除自己絕對不可能像小說主角那麼無敵這一點，霍啟晨很肯定路浚衡今天這一路上就是拿自己當題材來看待了，說什麼想聽聽他分享辦案經歷，也不過是為了豐富筆下的故事內容……

雖然從讀者的角度來看，作者這種為了作品深度而進行「田野調查」的精神非常值得嘉許，但身為被調查的人時，感覺就不怎麼好了。

尤其在這件事情上他還沒有自主權，是上級說了算！

「這個嘛……」

路浚衡笑了笑，大言不慚地問道：「如果我說『是』的話，你會生氣嗎？」

其實也不是第一天當題材，都當了四集小說的主角了呢！

「……我生氣了，你就會停下嗎？」

看著路浚衡那「無恥」的笑容，霍啟晨知道自己是白問了。

算了，當題材就當題材吧，不要影響他辦案就好。

他跳下椅子，指著監視器道：「從上面的灰塵分布來看，有人在近期動過它們的角度……這表示凶手應該不曉得監視器沒有開的這則情報，但他多半曉得管理室當天沒有安排人手盯著螢幕，不會注意到這幾支的視角有問題，所以他只須要確保自己的行蹤不會被記錄下來就行。」

路浚衡也斂起玩鬧的心情，認真思考後說道：「那這其實很符合你認為凶手是工作人員的猜測，因為昨天那些場佈的人，都有機會和藉口去碰這些東西，也不太會引起注意。」

正如他所說，此時天花板上還掛滿了配合發布會做的彩帶與海報布置，如果昨天有個人就像霍啟晨這樣，拉著一張椅子站在這裡弄東弄西，也絲毫不會引人注目，只會認為他就是個在認真工作的場佈人員。

「很好嘛！這樣一來，嫌疑人名單還是縮小啦！肯定就是當天在場的工作人員！」

路浚衡自得其樂地鼓著掌，惹得霍啟晨很想問他一句「你到底在開心什麼」。

「不過，這次活動請的幾乎都是算鐘點費的工讀生，那些人是什麼背景也不好說。我是聽說人事部門找人的標準，就是願意拿最低薪的就給過。」

「……你們真是一團亂。」

「嗯，我也是這麼覺得。」路浚衡一副深以為然的模樣，但又話鋒一轉，笑道：「不過，只要他們好好拍戲就行，其餘的我不在乎。」

他轉頭看著那張印有男主角「東光警探」定裝照的大海報，眼眸中似乎閃爍著流光。

「我只想給我的讀者最好的，也不願意讓他們失望，所以……就麻煩你了，霍警官。你一定要逮住這個傢伙，讓我家書迷們萬分期待的電影可以順利上映啊！」

霍啟晨望著那雙充滿真摯與信任的棕眸，不禁抿了抿嘴角。

好像……

還是可以再多當幾天的粉絲吧？

Chapter 5 善於展現個人的獨特魅力

「好了，你們都可以回家了。」

幾名坐立難安的青少年聽到這話，通通鬆了口氣，不等對方再說第二句，就一溜煙地跑出警局，趕在爸媽發現之前回家裝乖寶寶了。

唯獨路湲衡還垂著頭坐在長凳上，待男人走到面前時才抬起臉，故作鎮定地問道：「那女人不都報警了嗎？怎麼又決定放我們走了？」

「這個嗎？當然是因為你家老師充滿魅力，又擁有高超的談判技巧，所以順利說服那位女士原諒你們的行為。」男人信誓旦旦地說著，又補充道：「不過，老師只能幫你們到這裡，該賠的錢還是得賠啊，我雖然很帥，但替你們肉償這筆債是不行的！」

「嗤，臭不要臉的大叔……」

「喂喂，你就是用這種態度在面對來警局保你的老師嗎？你這臭小鬼的良心不痛嗎？啊？還是就該讓你留個前科記錄、長長記性，免得你一畢業就當起犯罪分子，踏出校門下一步就給我踏進牢房？」

「不、不要！」

路浚衡聞言立刻慌了，全然沒有方才那副冷靜淡然的模樣，尚未脫去稚氣的臉龐上寫滿了驚恐。

十八歲，一個不能看做孩子，卻也還稱不上是個成熟大人的年紀，亦是許多人容易犯蠢幹傻事的年紀。

路浚衡和幾個狐群狗黨是他們高中裡出了名的小惡霸，一個個都是家庭背景富裕而被慣壞的紈褲子弟，仗著父母有錢有勢能幫他們擺平一切麻煩，就天天惹事生非。

這天一群人又是正大光明地翹課出去溜達，在路邊玩鬧時不小心撞壞了一家店鋪門口的擺設，算不上什麼大事，屬於正常表現。

本來以為這件事就和往常闖出的禍一樣，賠點錢了事就行，反正又不是賠不起，苦主通常也會因為不想多生事端就勉強接受這樣的和解。

不幸的是，他們這回終於踢到了鐵板。

受災的店主同樣是個不缺錢的人，開店就是興趣使然，本來看到是一群半大不小的孩子惹出的事，便懶得計較，也沒主動提賠償。

結果路浚衡一行人是囂張慣了，不肯改正態度好好道歉就罷，還仗著人多勢眾，學著地痞流氓在那裡調戲年輕的女老闆，把對方氣得當場就打電話報警，並且堅持要讓他們留下公開案底，把他們當成年罪犯來處置，絲毫不給通融空間。

一想到自己還沒踏入社會就先有了前科，幾個充其量就是紙老虎的小惡霸也慌了，而且發現對方軟硬不吃，似乎也是身家背景不錯的人，以往靠爸媽帶來的優勢蕩然無存，場面頓時就變得棘手起來。

幾個人就這樣被帶到警局，警察一看他們還穿著制服，就先通知了學校，才有後面許仲安這個班導師趕來協調衝突、努力說服那位年輕女士撤銷提告的發展。

「好了，你朋友們都走光了，沒必要繼續裝酷，老師知道你是有心認錯的，再去跟人家好好道歉一遍，然後回頭請勞苦功高的老師吃頓晚餐就行。」

「……你一個老師怎麼好意思讓學生請客啊？還是高中生！」

「你這高中生一星期的零用錢，都比我一個月的薪水多，讓你請客很合理好吧！」

兩人互相拆台，相處的氛圍倒和一般的師生不同，少了點嚴肅、多了點朋友間笑鬧的感覺，這也是為什麼學校最後會把這群令人頭痛的頑劣分子扔給許仲安處置，就是因為當這些叛逆的學生不把他當作老師時，反而更容易聽進他的話，師生間的衝突場面也減少許多。

許仲安最後還是沒讓路浚衡請客，自己買單了師生兩人的晚餐，不過因為他聲稱自己很窮，所以只能請學生吃便宜的速食。

路浚衡對吃的倒是沒什麼要求，而且知道老師其實是想多陪他一會兒，心裡雖然感激，面上卻是彆扭地吐槽道：「請別人吃飯就請這種東西，活該你交不到女朋友。」

「你老師我啊，條件可好了，哪是交不到女朋友，是不打算交。我要是魅力全開，你看多少女人會被我吸引！」許仲安自得其樂地說道，惹得路浚衡對這名其貌不揚的中年男人狂翻白眼。

別的不說，他家老師確實是分分秒秒自信心全開，自我感覺超級良好。

「浚衡，老師認真跟你說……」

「噢，果然要開始說教了嗎？」

許仲安看著神情又焦躁起來的路浚衡，搖著頭說道：「你不是孩子了，該懂的道理都懂，老師沒什麼好教的，我只是想問你，這真的是你想做的事、你想過的生活嗎？」

路浚衡被問得啞口無言，卻又不敢直視許仲安的雙眼，只能低下頭看著漸漸冷掉的炸薯條，耳邊就聽對方繼續說道：「你看起來很迷惘，一副自己也不清楚為什麼要做這些事的樣子，所以老師才會問你，究竟想要『什麼』——」

「我不知道！」

隨著怒吼傾洩而出的，是壓抑許久的雜亂情感，路浚衡忽地紅了眼眶，卻倔強地忍住淚水，哽咽道：「反正在我爸媽眼裡，我就是個永遠比不上我哥哥姊姊的廢物！他們對我沒有任何期許，只要拿到畢業證書證明自己不是書都念不了的智障就好，家裡有的是錢養我一個不事生產的米蟲！我就如他們所願，當一個家族之恥就好！我想幹麼一點也不重要！」

路浚衡想不起來自己是從什麼時候變得如此渾渾噩噩，只是在父母的漠視、手足的奚落中漸漸放棄抵抗，認為自己確實就是個一無是處的廢人。

就像許仲安說的，路浚衡也不曉得自己為何要跟那群不學無術的混子玩在一起，天天跟著他們為非作歹也無法帶來任何樂趣和成就感，他卻還是假裝自己就是他們的一份子。

但許仲安懂，他知道這就是一名青少年在掙扎與迷惘時會做的事，他們有太多強烈的、卻又無法理清的情緒堆積在心裡，如果沒有人幫助他們引導與排解，那就很容易誤入歧途——

路浚衡已經站在那個十字路口上，隨時都可能選錯方向。

許仲安只是默默聽著，等路浚衡的情緒稍緩之後才開口說道：「老師接下來說的話可別學啊，這是錯誤示範，但我真的很想對你爸媽說一句……靠夭哦，你們在說什麼鬼話啊！」

路浚衡被許仲安的粗口衝擊得都忘了難過，目瞪口呆地看著突然「問候」自己家長的班導師，好半晌沒能做出回應好接續這個話題。

許仲安雖然才接手這個問題班級不久，但早就事先瞭解過幾個問題學生的家庭背景，可以說路浚衡的狀況跟那幾個人有點像，卻又不太一樣。

其他都是集三千寵愛於一身、導致他們恃寵而驕的大少爺，可路浚衡卻屬於物資上富裕但心靈上極度匱乏的類型。

他並不是因為被溺愛而變得頑劣，而是他的父母根本懶得管他。

就像他說的，他前面還有兩個哥哥、一個姊姊，三名手足都是在某些領域擁有傲人資歷的優秀才俊，也是父母親最喜歡放在嘴邊跟人炫耀的「資產」。

至於他一個平庸的么子，既然沒什麼值得拿出來當談資的優點，那便假裝他不存在就好，反正家裡也不是養不起一個閒人，他愛幹麼就幹麼，沒有人會在乎。

總算反應過來的路浚衡揉揉臉，趁機揩去眼角的淚花，悶悶不樂地說道：「他們說的也沒錯啊，我真的就是什麼都不會的廢物……」

「你也在說鬼話，什麼叫『什麼都不會』？我明明記得你挺會寫故事的，不是嗎？」

路浚衡霎時面露窘迫，支支吾吾地道：「什、什麼寫故事？才沒那回事……」

「老師我還沒到會痴呆的年紀啊，我就記得你高一的時候，不是在校刊上發表過小說嗎？印象中還滿受好評的，不少同學都喜歡，但你後來就不寫了，為什麼？」

這問題顯然戳中路浚衡痛處，只見他又皺起臉，憋了好一會兒才悄聲說道：「我爸媽說，寫那種不入流的東西，果然是我這種沒出息的傢伙才會幹的事……」

許仲安聽得一臉無語，忍不住反詰：「你爸媽是愛看小說的人嗎？」

「嗯？應該……應該不是？」

「那你聽他們的意見幹麼？你這跟跑去問一個對籃球毫無興趣與理解的人，哪個球員打得最好一樣，他的答案能有什麼參考價值？」

總覺得好像不能這樣類比，但路浚衡又找不出可以反駁的點，一時被許仲安的話給繞暈了。

不過這話也讓路浚衡意識到一個問題：他為什麼非得尋求家人的認可才行？

他家人早就習慣貶低他，甚至連他自己也是，說不定他不管做什麼，在雙親眼裡都是「不入流」。

但他寫得究竟好不好、到底入什麼「流」，應該是他的讀者說了算才對，不是嗎？

「所以你現在真的不寫故事了？」許仲安的嗓音將路浚衡的思緒拉回現實，「我覺得你可以再提筆一次，相信我，你是有天賦的，不要輕易放棄這件事。」

「沒、沒有……」

「嗯？你說什麼？」

路浚衡默默拿起書包抱在懷裡，囁嚅幾秒才終於大著聲說道：「我沒有停筆，我只是……嗯……」

他打開那個標準的「不良學生」書包，亦即裡面什麼都可以放，就是不放課本，從中掏出一本封皮全黑的筆記本，書頁邊緣有些膨脹翻捲，書脊上的摺痕也很深，顯然時常被翻閱。

他做了幾次深呼吸，鼓起勇氣將筆記本遞給許仲安，略顯心虛地道：「上課太無聊的時候還是會寫，只是沒拿給別人看過……」

「上課給我專心點啊臭小子！不過這次就先不批評你這一點了。」許仲安好氣又好笑地接過筆記本，興致勃勃地翻看起來。

路浚衡以為對方也就隨便看幾眼罷了，等他把盤子裡的漢堡和薯條都吃完了，身邊的男人都沒發出半點聲音，這才驚覺他家班導是認真在閱讀他的創作。

怎麼一聲不響地就看起小說來了！

還是我寫的小說！

許仲安全然不管作者本人已經羞窘得整張臉都紅透，一個人看得津津有味，最後還真的把那本筆記本上的字句全讀完了。

「嗯哼……」

見許仲安總算放下筆記本，但又撐著臉在那裡沉思，不停低聲喃喃自語，路浚衡便緊張得如坐針氈，忍不住出聲問道：「寫得不、不好看嗎？」

其實他對自己的創作是什麼水準也沒個清晰的概念，只記得高中一年級時被校刊刊出的短篇小說確實收穫了一些讚揚，讓他覺得寫故事不只很有趣，能收到讀者的回饋也是件令人成就感十足的事。

只是當他拿著校刊想和雙親分享自己的喜悅，卻被潑了一大盆冷水後，他就不想再對外人說自己有在寫作了。

比起批評他寫的東西不好，那種直接否定他這個創作行為的說詞，才是讓他心灰意冷的主因。

許仲安笑了笑，一邊將筆記本還回去、一邊說道：「寫得挺好的呀，真的，老師沒胡說，你這年紀居然能寫出這樣的故事，是真的很了不起。不過缺點也滿明顯的，就是虎頭蛇尾。」

「啊？這、這……好像是這樣……」路浚衡有些不好意思地搔搔臉，坦承道：「每次都是開頭寫得很有興致，但越到收尾就越吃力，然後就很容易草草了結，因為腦子裡已經有新的想法，想寫另一個更有趣的東西……」

「雖然好像能理解這種心情，但這樣是不行的！你總不會希望你家讀者一路勤勤懇懇追著你的故事，結果發現結尾寫得有夠敷衍，簡直在嘲笑他們之前其實都在浪費時間吧？你會被讀者打哦，我跟你講。」

「有這麼嚴重嗎？」

「你看到一本『爛尾』的小說，難道不會生氣？尤其你感覺得出來，作者應該是有能力寫好的，結果他居然選擇擺爛。」

「……好吧，你說的有道理。」

兩人就這麼聊著寫作的事，許仲安逐漸能在路浚衡臉上看到發自內心的笑容。

少年在講述筆下的故事和角色時，不只整個人洋溢著熱情，眼眸更會閃閃發亮，像是那個被壓抑住的靈魂終於獲得自由，可以盡情地編造那些天馬行空的幻想。

許仲安知道自己沒有看走眼，路浚衡注定成為一名才華洋溢的作家，他欠缺的只是一個證明自身的舞台。

「你有沒有在網路上看過小說？」

「網路嗎？偶爾會。」

路浚衡回答完才意識到許仲安的潛台詞是什麼，試探性地問道：「你的意思是……要我上網發表作品嗎？」

許仲安笑著點點頭，鼓勵道：「為什麼不呢？現在很多年輕人都用網路看小說，看了如果喜歡，就會馬上留言告訴作者，這樣即時互動的感覺很好，不是嗎？」

在許仲安看來，路浚衡此刻最想要的就是認同感、歸屬感，只是他無法從原生家庭獲得，便強迫自己加入小惡霸的圈子，試圖找到志同道合的「自己人」。

但事實上，他的圈子近在咫尺，只需要許仲安替他指明方向就行。

路浚衡對這提議也產生了極大的興趣，忍不住舔了舔乾澀的唇角，又有些猶豫地問道：「但寫得不好，也會馬上被罵吧？」

「這確實是創作者公開作品後會面臨的考驗，但我覺得你沒問題，因為你是個堅強的人！你會把挫折化做前進的動力，寫出更好的故事。我相信你可以辦到。」

短短十八年的人生裡，這似乎是路浚衡第一次聽到有人對他說「我相信你」。

「……好，我們走。」

「走？走去哪……喂！」

許仲安還在趕剛剛落下的用餐進度，正拚命往嘴裡塞雞塊，結果路浚衡卻是背起書包、端著盤子就跑，讓前者氣得大罵：「臭小子，懂不懂什麼是『尊師重道』啊？這頓飯還是我請的呢！」

路浚衡把餐盤扔到自助回收櫃上，轉過頭笑迷迷地道：「老師想吃什麼，我都可以請客的，包你三餐到我畢業也沒問題，反正也剩幾個月而已嘛，你覺得如何？」

「……這話不管從哪個角度來說都好詭異，我還是不要回答好了。」

許仲安一臉無奈，只能啜著快沒氣泡的可樂，和路浚衡並肩走在街上，這時候者才告訴他接下來有什麼計畫。

「我們去逛3C商場吧。既然要開始用電腦寫作、在網路發文，就得買一台好一點的機型，螢幕也不能太小，會傷眼……嗯，鍵盤也要好好物色，手感也是會影響靈感的……還要什麼配備？買個外接硬碟存備份檔？」

這種說做就做的行動力讓許仲安哭笑不得，但看見路浚衡找到了新的奮鬥目標，而不是整天無所事事，總歸是好事一件，身為老師的他自然是全力支持。

「工具什麼的都是其次，最重要的還是記得要把故事好好說完。你的堅持與努力，會替你帶來很好的回報。」

許仲安認真告誡著路浚衡，期待他能以最端正的心態一展長才，因為這才是能長久走下去的方式。

不過他也不是個愛說嚴肅話題的人，隨即又話鋒一轉，開玩笑似的道：「以後出了書，記得給我這個領路人致謝啊！而且要主動奉獻新書給我，當作是孝敬老師我了，知道嗎？」

路浚衡撇撇嘴，反問道：「不該是老師你為了支持學生的事業，我一出書你就買個幾十本回家，幫我衝銷量嗎？」

「同樣的書我買幾十本幹麼？拿來砌牆哦？」

「你要幫我推銷啊！找親朋好友分送，讓他們再推薦更多認識的人買我的書！這就是最基礎的行銷廣告，你怎麼都不懂？好遜。」

「你個臭小子，以後出名了別說是我教的，我不認帳！」

「你當我稀罕啊？」

師生兩人吵吵鬧鬧地完成了這次採購，路浚衡才不得不面對回家這件事，但好在今晚他還有很多事情可以做，能暫時忽略家中那股令他十分討厭的氛圍。

許仲安送這名應該能讓他慢慢放下心的學生到家門口，看著他還略顯單薄青澀的背影，忍不住感慨道：「浚衡，你以後會成名的，變成超紅超暢銷的大作家，老師對你有信心。」

路浚衡耳根微微泛紅，這回卻沒像以往那樣開始一輪新的自我貶低，而是揚著臉說道：「那當然！你以後就等著看我出的書遍布書局、制霸排行榜、多國語言翻譯、周邊出到手軟、改編電影通通都有！去到哪裡，人家都會喊我一聲『路老師』！」

「想太遠了、想太遠了，做人還是要腳踏實地一點。我們先從完成一本書開始好嗎？」

「沒問題，學期末前就寫完給你看，這點程度的挑戰還難不倒我。」

「……期末考你給我好好準備啊！雖然你沒有考大學的壓力，但被當太多科還是會被留級的好嗎！還是你太喜歡老師我了，想留在學校裡多陪我一年？」

「我不明白，像你這麼不要臉的臭大叔，到底怎麼拿到教師執照的？」

「大文豪，用字要精準，什麼叫不要臉？我這是善於展現個人的獨特魅力！而且我這老師當得可好了，像你這麼頑劣的學生，我都能教得服服貼貼，這還不厲害？」

「呸，自作多情。」

「呸什麼呸！你給我過來！」

「啊！我老師打我！這是不當體罰！我要報警……」

◆

路浚衡推門進屋時，就發現一雙熟悉的皮鞋正擺在玄關角落，忍不住大聲牢騷道：「我就不該給你家裡鑰匙！我這文字工作者已經是隨時得上工的工作模式了，編輯還要動不動來家裡堵我！太沒人權了！」

坐在客廳沙發上整理一堆文件的吳京一臉不耐地抬起頭，正想大罵他才是那個被迫加班的可憐人，就看見路浚衡手裡拿著速食店的飲料杯，怒火頓時稍減。

「你去見許老師？」

路浚衡搖搖手中還剩下幾口飲料的紙杯，一邊啜飲早變成糖水的無氣可樂、一邊笑道：「對呀，發生了這麼多有趣到不行的事，當然得跟臭老頭分享一下！而且我之前才陪他看了半本新書，剩的半本不趕緊看完，他等等託夢罵我是故意吊他胃口怎麼辦？你也知道他脾氣不是很好噢！」

吳京有幸見過那位許老師幾面，知道對方絕對不是脾氣暴躁的人，反之還相當幽默風趣，和他相處時總是笑聲不斷，好像跟任何年齡和群體的人都可以馬上熟絡起來。

他任教的不是什麼名貴的學校，也沒有教出大批菁英人才，但在三十五年的教師生涯中，他拯救了不少對人生感到迷惘的孩子。

路浚衡曾經說過，他認識一個「超級英雄」，特殊能力是超級自戀，明明是個老師卻三不五時在學生面前講髒話，最喜歡說要請客結果帶人去吃最便宜的速食店，簡直一身的嘈點吐不完。

但就是這樣的超級英雄，把一個差點自我毀滅的小痞子，變成了前途似錦的大作家。

有趣的是，吳京也見過路浚衡的雙親，然後就發現路浚衡和他爸爸除了長相以外沒有任何相似之處，反而是和許仲安更像一對父子——

起碼那個自我感覺極度良好的性子，路浚衡傳承得相當到位。

提起許仲安的事，吳京的火氣也沒那麼大了，調侃道：「大顧問，不務正業的第一天，感覺如何？追星有沒有追出什麼心得來？」

路浚衡聞言立刻笑瞇起眼，手舞足蹈地應道：「近距離看偶像辦案的感覺當然超棒的！不過他看起來不太喜歡我，本來下班的時候還想邀他吃晚飯的，被無情地拒絕了。沒關係，明天繼續邀，總會邀到他答應。」

「……和你共事的人裡，很少有不討厭你的。我還以為你第一天當顧問，就會因為騷擾霍警官而被逮捕了。」

身為和路浚衡搭檔七年多的編輯兼經紀人，吳京絕對有資格做出這樣的評論，因為他不僅要跟路浚衡共事，更要安排其他領域的人與他共事，而大部分合作者的感受通常都是很想掐死這位大作家。

這是一個你如果和他玩在一起，就會時時充滿驚喜與歡笑，不管做什麼都會愉悅值加倍的優質夥伴——

是的，僅止於享樂的時候。

路浚衡無疑是相當有才華的人，能力也很優秀，但過於隨心所欲的做事方式，總會讓合作者動不動就被計畫外的事驚嚇；尤其對那種喜歡按部就班的人來說，和路浚衡共事簡直苦不堪言。

他甚至還很擅長將工作和娛樂混在一起，讓合作者一開始就被他的浪漫與魅力吸引，進而影響了判斷力，對他出格的行為一再忍讓，等想到要制止時早就來不及，也自覺沒有立場那麼做，只能繼續忍受這段公私混淆的關係。

路浚衡倒是很有自知之明，但明顯沒有要改進的意思。

畢竟是個「藝術家」嘛，浪漫點很正常。

就聽他的聲音遠遠地從廚房傳來，大言不慚地高聲道：「看來我果然是京哥的真愛，不然你不會當我編輯這麼多年！」

「嗯，我愛你幫我賺的錢。」

感覺自己要被文件淹沒的吳京面無表情地應道：「因為錢，我才能容忍你逼我犧牲跟小安共度天倫之樂的時光，在這邊幫你整理那個狗屁顧問工作要用的資料。你要是哪天江郎才盡，就看我怎麼表演翻臉不認人吧。」

「論商人的勢利眼，京哥你是我見過表現得最標準的一位……來，給你。」

一盤剛切好的滷牛腱輕輕放到桌面僅存的位置上，沁著滷汁的肉片上撒了提味的蔥花和辣醬，甜甜鹹鹹的香氣瞬間撲面而來，隨餐還附帶兩杯浮著泡沫的啤酒，玻璃杯上覆著一層淺淺白霧，顯然連杯子都特意冰鎮過，為得就是讓盛裝在內的啤酒可以更好喝。

「嘖，別以為拿這種東西就能打發我。」吳京埋怨地瞪了路浚衡一眼，但手還是很誠實地去接筷子，不等主人坐下就先行開動。

身為一個本身事業有成、家庭背景又不錯的富二代，路浚衡的住處卻不是最高檔的那一種，而是在一棟很普通的老公寓裡買了相鄰兩戶打通，外觀上看起來毫不起眼，似乎有些「大隱隱於市」的味道。

雖說屋子整體不算豪華，但內部裝潢和擺設都很用心，而且屋主每個禮拜都會花錢請人打掃他的「黃金單身漢之窩」，屋子裡的一切總是維持得井井有條。

而他整個家裡最神奇的地方，大概就是那個超昂貴變頻雙開式冰箱，裡面總是隨時隨地存放可以取悅各種客人的特殊食物。

「好啦，京哥你就別氣了，生氣會加速衰老，然後你家小安就會說『把拔你怎麼變醜了』！你也不想讓寶貝女兒嫌棄你吧？」

「呸呸呸，小安最好了，永遠不可能嫌棄我！你閉嘴啦，不要打擾我享用美食！」

路浚衡沒特地強調，這是他大老遠跑去吳京最喜歡的滷菜店買的牛腱，因為光看對方吃得津津有味就知道這一招很有效果。

他也不跟吳京搶食，而是笑著拿起桌上那些已經整理好八、九成的文件，隨意翻看起來。

吳京吃得過癮了才放下筷子，抹抹嘴又喝了一大口啤酒，隨後才道：「所以你們今天查了一天的案子，最後鎖定的嫌疑人是你的『瘋狂書迷』？」

原本經過早上那一通充滿訓斥的視訊電話後，吳京還以為路浚衡會躲他個三兩天再出現，而不是繼續湊過來找罵挨。

但沒想到，這位大作家兼小顧問下午就打電話過來乖乖認錯，態度誠懇、言語動人，害吳京一度以為對方終於進入了遲來的「成年期」。

然後他就發現路浚衡只是想要鋪陳自己有求於他，所以才這麼低眉順眼地道歉。

很會討好人的同時又很會激怒人，始終能保持這麼混亂的疊加狀態，便是路浚衡的特技之一。

總之，路浚衡請吳京整理這些年來他收過的讀者來信，因為在他名氣超過一個門檻後，熱情的粉絲數量也到達一個驚人的數字，他幾乎每時每刻都會收到這些粉絲的各種訊息，他一個人根本看不過來，所以主要都是吳京和他找的社群管理員在替他過濾。

最終能被送到路浚衡面前的書信或網路留言，其實都已經被層層篩選過，自然不會出現什麼具有攻擊性或詭異的內容，但不代表那些被濾掉的訊息就會被直接刪除，吳京反而會把他們保留起來，並交給出版社合作的律師封存。

很多人分不清「言論自由」和「言論免責」是完全不同的概念，腦子一抽的時候什麼可怕的話都能說出來，為了避免日後發生什麼衝突，這些內容欠妥的訊息都是「證物」，自然不能隨意丟棄。

就是隨著時代變遷，這種訊息的來源也變得五花八門，有比較復古的手寫信、有電子郵件、有社群留言、甚至還有影音檔等等，吳京也是多發了一筆加班費給打工的社群管理員們，才在一個下午內把這些東西整理出來。

路浚衡最初就是在網路發文累積起第一波死忠書迷，所以對這種即時互動的模式並不陌生，只是名氣大了之後吳京也管得嚴，怕他在網路上失言影響聲譽，就不准他主動回覆這些訊息，但對多數粉絲的情況，他還是有個籠統的瞭解。

有些從他第一次發文時就追蹤至今的「老粉」，和他親如摯友，逢年過節都會收到他的祝福和小禮物，更能搶先得知第一手出版消息。

但也有幾位特殊的「問題人士」，長年傳遞一些在違法邊緣遊走的訊息、或屢屢出現疑似騷擾的行為，以另一種形式讓他這個偶像記住他們的存在。

路浚衡多半是不會選擇和這樣的問題人士對簿公堂，一來是他不喜歡和讀者起衝突，哪怕這些讀者對他的崇拜之情可能得打個問號；二來是他覺得人總是有犯蠢的時候，只要不是做得太過分，他都可以不去計較。

當然，這次鬧出人命，就屬於必須得計較的範疇了。

「也不是直接鎖定『瘋狂書迷』啦，只是我自己認為這樣能再縮小一下名單範圍，不然就算只懷疑到當天在場的工作人員頭上，也還是有一串人選，真的一個個查找下去也太沒效率可言。」

路浚衡把今天上午和霍啟晨跑到案發現場二次搜查時的各種推理，簡潔地說給吳京聽，並表示多虧了這次爛到爆的活動企畫，他一路上被他家偶像嫌棄了無數次。

雖然此舉有效提升他們之間的交流頻率，但他還是希望兩人以後能夠交流一些更正向的東西。

「抱歉，這件事是我沒處理好。」吳京並未推託，相當坦然地認錯，「我有點太想當然了，以為倪疏那邊的團隊很成熟，就把事情放著讓石先生他們負責，沒怎麼去盯進度，沒想到會搞成這樣。」

他實在沒想到，不只倪疏是個演藝圈新人，石承榆更是個資歷淺薄的獨立經紀人，職業生涯第一次帶一個粉絲「過萬」的偶像，兩人背後壓根沒有什麼經紀團隊在做規劃，就敢信誓旦旦地攬下所有企畫工作。

嗯，積極進取的態度良好，但執行計畫的能力極差。

這讓吳京忍不住想，如果當時他有認真關注活動安排，把各個環節都準備得更完備嚴謹，是不是就不會發生這麼可怕的凶殺案？

尤其在聽到路浚衡轉述了霍啟晨的推理過程後，越發讓他感覺是自己的疏忽才讓凶手有機可乘，但凡他這個經紀人可以多注意到一些細節，對方說不定就無法執行這個殺人計畫。

路浚衡一眼就看出吳京在想什麼，隨即開口道：「你別想太多，這傢伙殺人可不是隨興所至，老早就做了很完備的計畫，讓他執行成功並不是誰的錯。更重要的是，這件事顯然還沒完，所以我們應該先想辦法把人抓到了再說。」

「難得聽你說句人話。」吳京感慨道，也曉得自己方才那種想法很不理智，但又不得不承認，從昨天事發到現在，一直埋頭在各種工作中的行為，為的其實就是讓自己能忙得沒空胡思亂想。

「而且換個角度想，沒這件事的話，我也沒機會跟我偶像一起工作，所以也不全然都是壞的影響啦！」

「……然後又開始不說人話了。」

吳京真的時常懷疑，路浚衡為什麼沒走在路上就被天雷劈死？

明明就是個缺德得要命的人！

路浚衡面對吳京的指控還是嘻皮笑臉的，興奮地道：「和霍警官辦了一天的案子，我必須說——他和我想像的完全不一樣！」

吳京聞言也來了興致，挑眉問道：「哦？這算好事還壞事？你的偶像濾鏡是破滅、還是加重了？」

「嗯，不好說。」路浚衡語氣嚴肅得煞有其事，指尖又習慣性地輕敲著自己的嘴唇，「我原本對他的想像就是跟『束光警探』差不多呀，不過我以為他本人可能會更驕傲一點。畢竟他還那麼年輕就功勳驚人，我要是他，早就狂得自己姓什麼都忘記了。

「但實際上的霍警官一點都不狂，還很……醜腆啊！」

吳京完全沒料到會是這種形容詞，看了一眼路浚衡手邊的杯子，確定他只喝了幾口啤酒，遠不到酒醉的程度，便再次確認道：「醜腆？你有沒有用錯詞啊？」

他實在無法想像，一個可以單槍匹馬攻破販毒集團據點的勇士，會給人「醜腆」的印象，這難道就是那傳說中的「鐵漢柔情」？

「我靠寫作吃飯的，會用錯詞嗎！」路浚衡覺得自己被羞辱了，更加認真地解釋道：

「你沒跟霍警官講過話你不懂啦，他的溝通技巧很有問題，閒聊的時候有點傻傻的，還會講一講話就躲開我的視線，好尷尬的同時又好可愛哦。」

等一下，為什麼越形容越奇怪了？

吳京開始懷疑喝醉的是自己。

不過一想到路浚衡的「壞習慣」，他又不太意外了。

「別怪我沒提醒你啊，你這次是跟警方一起辦案，辦『凶殺案』！給我嚴肅一點，不要又像以前那樣亂撩你的合作夥伴，試圖給我合作到床上去。你要是真的惹毛霍警官、被逮捕了，我可救不了你。我只會在探監的時候，順便問你稿子進度寫到哪裡了。」

「京哥，你能不能對我有點信心？我是那種莽撞又隨便的人嗎？」

吳京正想要回答「你的莽撞與隨便無人能敵」的時候，耳邊就聽路浚衡說道：「我當然是要先在我偶像面前把好感度刷起來啊！刷了再撩才有辦法成功嘛。看我這麼會寫懸疑小說就知道，我這人可是很擅長計劃的。告訴你，我都已經買通新的眼線，可以隨時提供我第一手偶像密報了！」

「……我還是先做好探監的準備吧，我感覺你這牢飯是吃定了。」

Chapter 6 但對方實在給得太多啦

「請問這本書的第五集到館了嗎？」

正在謄錄資料的圖書館員工抬起頭，就見櫃檯外站了一名穿著體育服的國中生，雖然戴著口罩，但從眼神大抵能看出他此刻面無表情，甚至有點不耐煩。

那一點也不像孩子的犀利眼神讓館員忍不住抖了抖，接過對方遞上來的書，在電腦前操作起查詢系統。

不到半分鐘，螢幕上就跳出了這套小說的出借記錄。

「第五集被借走了哦，第六、和七集也是。」

館員看到那名國中生低下頭，被口罩遮住的嘴似乎嘆了一口氣。

「我知道被借走。我已經排很久了，對方還不還書嗎？」

這套長篇冒險小說，霍啟晨的閱讀進度早就已經來到第四集，發現後面集數都被人借走了，只好乖乖排隊等待，結果一等就是兩個多月，久得他都快忘記前面幾集的劇情，還特地抽空複習了一把。

聽霍啟晨這麼一說，館員才注意到這三本書是逾期未還的狀態，只能不好意思地道：「同學，你要不要先借別的書？這個拖欠這麼久，短期內大概也不會還了。還是要我幫你跟總館調這套書過來——」

「固定星期二和四來這邊打工的人。」

「嗯？」

被打斷的館員不明所以地看著霍啟晨，就見這名國中生口氣凜然地質問道：「我上禮拜就請那個人幫我跟總館調書了，所以到底是書沒來，還是他根本沒幫我調？」

現在是怎麼回事？他居然有一種被主管突襲視察的感覺？

館員也不知道自己為什麼會被一個小國中生問得有些心慌，連忙要來對方的借書證，將號碼鍵入系統後頓時汗顏，因為上面還真的沒有任何調書記錄。

霍啟晨光是看著館員逐漸尷尬的表情，就曉得發生了什麼事，義正嚴辭地道：「我建議你們可以開除那位兼職者，他總是忘東忘西，做事一點也不仔細，圖書館的事務根本不適合他。」

「啊？好、好的，真是抱歉……」館員也不曉得自己在卑微什麼，但還是低下頭道歉，隨後才想起來要多問一句：「那你還要借這本書嗎？需要我幫你調館藏嗎？」

他話一說完就感覺那個國中生正用一種「你是不是有點蠢？」的眼神看他。

果然，他下一秒就聽對方理所當然地反詰道：「我不想借這本書的話，跟你講這麼多幹什麼？」

他這是被一個十三歲的孩子鄙視了啊！

館員敢怒不敢言，在霍啟晨充滿威嚴的視線下將跨館借閱書籍的申請送出，等人走遠後才悄悄鬆了口氣。

「現在的小孩都這麼凶的嗎？也太不可愛了吧……」

回到閱覽室的霍啟晨踮起腳，伸長了手把書塞回書櫃裡，又在架子附近晃了幾趟，發現自己已經把有興趣的小說都借閱得差不多，只好有些無奈地搖搖頭，轉身走向多媒體室。

離他家最近的圖書館並不大，館藏本就不多，新書進得又慢，而且隨著年紀增長，他閱讀的量與速度也增加不少，便逐漸開始有書不夠看的困擾。

更討厭的是，這裡的人借書時常逾期不還，時間觀念極差，他苦等不到某本書的事屢屢上演，讓他不禁發下「宏願」，發誓等以後自己會賺錢，看到喜歡的書就要直接買下來，不要再用借的了。

而且要買個三本，一本翻閱、一本傳教、一本收藏！

不過距離自己實現財富自由的目標還很遙遠，霍啟晨平時也沒什麼零用錢可以買課外讀物，圖書館是他為數不多的選擇，他暫時只能繼續忍受借閱的不便。

好在他前陣子找到了一個「替代方案」，讓他可以緩解沒書可看的窘況。

他來到多媒體室時，正好有台貼在最角落的電腦空了出來，他立刻三步併作兩步，趕在另一個同樣也打算用電腦的國中生之前搶到位置。

反正他知道對方搶到電腦多半是拿來玩遊戲，內心沒什麼罪惡感，在那位同學幽怨的瞪視下不甚熟練地敲起鍵盤，螢幕上很快顯示他登入了某個論壇。

這就是他最近學會的「新招式」，在網路論壇上找小說來看。

雖然他還是比較喜歡那種將書捧在手裡閱讀的感覺，但在網路上看小說的體驗也很新奇，在論壇網上能看到各式各樣的文章，而且作者與讀者間還能即時互動，讓剛上國中的他覺得大開眼界，有些沉浸在方便的網路世界中難以自拔。

在這裡他幾乎不愁找不到故事可以看，只不過它們很多都處在「連載中」的狀態，也就是沒人能保證作者一定會把故事寫完，讀者們都是看一篇算一篇，喜歡就追著更新跑，不喜歡便直接把網頁關掉換下一篇看便是。

這確實是比看實體書多了點風險，要是發現自己勤奮「追更」的文章突然中斷、或是作者隨便收尾，那就太氣人了。

而且相比正式出版的書籍，這裡也很多程度過於稚嫩的文章，霍啟晨一個孩子看了都覺得寫得不堪入目的那種；但同時也有寫得相當好、幾乎已經可以出版上市的故事，落差甚鉅。

霍啟晨昨天就看了幾篇寫得很差的故事，看得他都有點懷疑人生，考慮自己是不是應該回歸實體書的懷抱，至少有出版社編輯把關過的內容能有一定水準，不會讓他覺得自己浪費時間看一堆不明所以的東西。

然後他就注意到，今天論壇上幾則時間排序靠前的話題裡，有一篇新刊載的小說，不過是幾小時前才更新而已，卻已經有好幾百則回應，人氣還算不錯。

「作者叫……路浚衡？聽起來像本名？」霍啟晨低喃著發布者欄位上的名字，在這裡刊載創作的人多半都是使用千奇百怪的筆名，這種樸實到像是真人名字的帳號名稱還挺少見，但也不至於很奇怪就是了。

既然剛發布不久就有如此熱烈的回響，想來應該還不錯？

霍啟晨抱著「再給網路小說一次機會」的心情，點開了這位路浚衡寫的小說，然後情況就變得一發不可收拾。

哇，寫得好精彩……

等霍啟晨意猶未盡地回過神時，才注意到電腦螢幕下方的電子時鐘寫著「6:38」，早已遠遠超過他平時該回到家的時間。

「糟了！」他嚇得從椅子上彈起，但匆忙之間還是記得將自己的帳號登出，草草收拾完桌面後拎著書包就跑出了圖書館。

好在住的地方離圖書館也不遠，霍啟晨跑到家門口時才六點五十五分，不過他這一路上狂奔卻忘了把口罩摘下，搞得自己都有點缺氧，扶著門框又喘了好一會兒，才正好在七點整時用鑰匙打開大門，整個人狼狽不堪地走進屋子。

「怎麼這麼晚才回來？」

霍啟晨門都還沒闔上，客廳就傳來一道質疑意味濃厚的嗓音，讓他連忙高聲回道：「我在圖書館看書，沒注意時間就晚回來了，對不起。」

客廳的沙發上正坐著四個人，面前的矮桌上則放著好幾盤已經吃掉大半的飯菜，看起來就是很普通的一家四口正在吃晚餐。

發問的女人聽到霍啟晨的回答，臉上的怒意頓時消退，沒好氣地對身旁的丈夫說道：「我就說小晨不是因為貪玩才晚回來，那是你兒子才會幹的事。」

正在啃雞腿的少年一愣，隨即臉色一沉，抬頭就對霍啟晨狠狠一瞪，埋怨的情緒溢於言表。

「不要沒事就扯到妳兒子身上。吃飯。」男人冷冷打斷妻子的話，像是在為兒子平反，但他看著兒子的眼神也不怎麼好，顯然是知道妻子的說法其實沒錯。

霍啟晨在玄關處站了半晌，發現這一家四口不再搭理他後，就低頭到廚房流理台把手洗乾淨，然後拿著自己的碗筷走到矮桌旁，勉強擠進僅剩的狹窄位置裡，靜靜地夾菜吃飯。

「小晨，你這年紀正在長身體，多吃點，不然會長不高。」

「好的，姨媽。」

霍啟晨正要伸出筷子去夾盤子裡最後一塊糖醋排骨，另一雙筷子就以迅雷不及掩耳的速度直插過來，當場夾走那塊僅存的肉排。

「徐安霖！你搞什麼鬼！讓你表哥吃塊肉會死嗎！老娘我是餓到你了嗎！」

挨罵的少年竟是倔強地把肉塞進嘴裡，就算頂著母親的怒吼也非要吃到這塊排骨不可。

明明這頓飯他早就吃得九分飽，喜歡吃的那幾盤菜也都掃空了，但他就是寧可撐死自己也不想讓霍啟晨吃上一口。

不僅如此，他嚥下那塊肉之後，全然不顧已經在氣頭上的母親臉色有多差，還忿忿不平地道：「憑什麼給他一個沒爸媽的臭乞丐吃肉，他有飯吃就不錯了！」

「徐安霖！誰教你講這種話的！」何淑淑頓時拔高嗓音，雙眼都快噴出火來，結果一旁還有道往她怒火上澆油的聲音傳來，精準引爆她的怒氣。

「媽，妳好吵，可以不要一天到晚吼來吼去嗎？」

「徐安湘！妳再給我說一遍！我怎麼就養了你們兩個死小孩！」

「對對，啟晨表哥最棒了，真可惜他不是妳的小孩。」

「徐建國，管管你兒子女兒！你看他們這都是什麼死德性啊啊啊啊！」

看著氣氛劍拔弩張的飯桌，霍啟晨縮了縮脖子，一點聲音都不敢發出，就是低著頭繼續扒飯，試圖讓自己隱形於這場家庭戰爭中。

這場爭執最後是在一家之主憤怒吼出「通通閉嘴」下被強制結束，四個人的表情都很臭，飯桌上絲毫沒有半點悠閒的家常氣息。

徐家人吃飯向來習慣配著電視節目，加上霍啟晨本就錯過開飯時間已久，幾個人拌嘴的時間正好夠他把剩下的飯菜掃空，眼見姨媽一家人吵完架後選擇繼續看電視，便第一個起身開始俐落地收拾桌面，將碗盤端到廚房清洗。

他走進廚房前，還特意看了一眼徐安霖和徐安湘這對正好小他一歲的雙胞胎兄妹，少年完全沉浸在他的掌上型遊戲機裡，把按鍵敲得劈啪作響，似乎正在進行什麼殊死搏鬥。

少女倒是有注意到表哥的視線，比自家親哥稍微靈敏的腦袋快速一轉，立刻跳下沙發，一溜煙地跑回自己房間，躲避等一下可能再度燃起的戰事。

好吧。霍啟晨暗嘆一聲，獨自端著髒碗盤來到洗碗槽前，將袖子捲到手肘上，抓起沾了洗碗精的海綿開始刷洗盤子。

他才剛刷了幾秒，身後果然又傳來一道怒吼。

「徐安霖，整天就知道玩遊戲，家事都不做！你表哥還知道吃完飯要洗碗，你呢！跟個大爺一樣吃飽就扔著不管，你妹妹也——徐安湘！不要給我躲在房間玩電腦！」

「又沒有人拜託他做，他自己愛洗碗關我什麼事啊！」

霍啟晨縮了縮脖子，很想叫姨媽別罵了，因為他知道自家表弟正是越罵越反叛的性子，但過往的慘痛經驗讓他不敢再對別人的家務事指手畫腳。

他倒是知道自己通常是引起爭端的因由之一，但總不能讓他學著表弟表妹擺爛吧？他們做得再怎麼過火，總歸是親生的，父母最終還是會原諒他們。

霍啟晨自己呢？既然都已經寄人籬下，順手做點簡單的家事，不是情理之中嗎？

「別多管閒事……」霍啟晨喃喃自語，一邊刷洗盤子一邊回想著先前看到的小說劇情，心裡就迫不及待想讓明天快點到來，這樣他就能看到新的篇章了。

這是他最喜歡做的事，當現實過於喧囂時，他就會讓自己徜徉在小說構築出來的幻想世界裡，沉浸在只有他一人能享受的樂趣中。

就在那對母子又吵得不可開交時，徐建國終於忍無可忍地罵道：「夠了，有完沒完！何淑淑妳搞清楚誰才是妳兒子！幫妳姊姊養她留下來的爛攤子還不夠嗎？我是欠妳們家的嗎？妳到底想要我怎樣啊！」

徐建國這一嗓子吼完才想起來霍啟晨就在廚房，肯定把剛剛的話一字不漏地聽進去，頓時臉色鐵青，但又不可能把說出口的話收回，最後惱怒地一摔手上的遙控器，起身就出了家門，大概是打算去附近的超商買菸。

屋裡隨即陷入一片難堪的沉默中。

客廳的電視還在播放今晚的新聞，女主播的聲音勉強沖淡了空氣中的尷尬。

霍啟晨似乎並未受到影響，依舊低垂著頭，一絲不苟地沖洗著縫隙中的污漬與泡沫，再小心地把洗到發亮的鍋碗瓢盆放上晾乾架滴水。

他必須很小心，才不會讓微微顫抖的手把盤子給摔了。

他沒有回頭，但能聽到來來去去的腳步聲與關門聲，很快就察覺有人走近，耳邊也傳來女人帶著歉意的嗓音。

「小晨，你姨丈不是故意說那種話的……」

他不是故意的，但他一直都是這麼想的。霍啟晨差點要把這話說出口，但在看見何淑泛紅的眼角時立刻止住開口的衝動，淡然地點點頭。

這超齡的成熟舉止讓何淑淑心中又是一陣愧疚，站在一旁苦思半晌後忽地說道：「小晨，姨媽買個手機給你好不好？你看像今天，你有事情所以回來得比較晚，要是有手機的話，隨時打電話報備一聲就行，姨媽也不會緊張你是不是出什麼事了。」

霍啟晨輕輕放下手中的海綿，轉頭用有些困惑的眼神看著姨媽，顯然不太明白對方為什麼突然提起這個話題。

他並不理解何淑淑這種名為「補償心理」的行為，因為在他看來，在父母過世後願意領養他的姨媽一家，對他並沒有任何虧欠。

不過就是平時表弟妹對他的態度不太友善、姨丈在心裡嫌棄家中多張吃飯的嘴罷了，在能不能吃飽、有沒有屋子可住之前，這些都是小事。

他甚至時常會想，要是徐家少了他這個「多餘者」，家庭氣氛應該會更融洽和諧吧？

何淑淑見霍啟晨沒有回話，便自顧自地續道：「你都上國中了，其實早該買了，你的同學們應該也都有吧？明天放學跟姨媽一起去逛逛電信行，我買一款樣式最流行的給你。嗯，就這麼定了！」

「普通的就好，爛一點也沒關係。」霍啟晨沒有拒絕姨媽的好意，因為手機確實是很實用的物件，而不是什麼純粹的奢侈品，但他的奇怪要求聽得何淑淑一頭霧水。

不等何淑淑追問，霍啟晨就開口解釋道：「姨媽，妳買太好的手機給我，安霖會生氣。」

何淑淑的表情瞬間一僵，霍啟晨看著姨媽逐漸漲紅的臉，隨即懊惱地垂下眼簾，低聲道：「姨媽，我又說錯話了，對不起。」

看著總是在低頭認錯的外甥，又想到自己越來越任性的兒女，何淑淑便無奈又慚愧地道：「沒事，你說得對。是我平時太寵安霖、安湘了，才讓他們變成這樣……」

霍啟晨本意真的不是想讓姨媽感到愧疚，他只是實話實說，因為他才是第一線面對表弟濃濃的惡意與嫉妒心的當事人，沒人比他更清楚這位小少爺發起脾氣來，場面會變得多棘手。

與其看表弟又找機會對父母撒潑，還不如從源頭排除他鬧事的可能性，免得家裡的氛圍老是這麼烏煙瘴氣。

「姨媽，我想要可以上網的手機。」霍啟晨不知道該怎麼安撫一名大人，只能僵硬地開啟話題，試圖讓何淑淑轉移注意力。

外甥的笨拙讓何淑淑笑了，隨後伸手摸著他的頭說道：「這沒問題，現在的手機應該都能上網了，不過速度有差別的樣子……你是想拿來玩遊戲嗎？」

何淑淑記得丈夫在兒子的央求下買了一款貴到離譜的手機，只因為徐安霖說班上的同學都用手機玩遊戲，他如果不加入，就會跟不上大家的話題，甚至被排擠。

因為手機不能玩遊戲就被排擠，何淑淑是不信的，尤其這話還是從自己兒子口中說出，就更沒說服力。誰不知道他就是貪玩又虛榮，見到同學們有這麼時髦的東西，自己就非得擁有一個不可。

但這件事如果擺到霍啟晨身上，那就頗有可能發生，畢竟外甥這木訥但又分外耿直的性子的確時常冒犯到別人，在自己家裡都不受待見，在外肯定也容易被排擠。

何淑淑後知後覺地意識到這一點，但又不好開口問霍啟晨在學校是不是有被同學欺負——孩子都上國中了才想到要關心這件事，確實是有些晚了——只能亡羊補牢般，努力在其他部分滿足外甥的需求。

關於姨媽這些複雜的心情轉折，霍啟晨一個都沒察覺出來，只是坦然回答對方的問題：「不是玩遊戲，我是想拿來看小說，就是……貼在網路上的那種文章。」

他已經決定以後要勤奮追蹤那位路逡衡的作品更新，但這如果代表他得每天一放學就衝去圖書館搶電腦，那也太操勞了。

家裡其實也有電腦，但那是姨丈工作要用的，他可不敢借來看閒書。

「姨媽其實不太懂這個，明天買手機的時候再幫你問問店員。」

「好，謝謝姨媽。」

霍啟晨想了想先前在飯桌上聽到的話，又補了一句道：「等我長大會賺錢了，姨媽想買什麼東西就跟我說，我也會買給妳。」

雖然他當不成何淑淑真正的兒子，但他願意孝敬這名收留他、對他視如己出的女人。

聞言，何淑淑輕輕一笑，霍啟晨讀不懂那個笑容的意思，只能訥訥地轉過身，繼續把剩下的碗盤洗完。

過了會兒，他才聽見何淑淑笑道：「那姨媽就等小晨以後賺大錢，買我想要的東西送我囉？」

「嗯，我會的。」

妳兒子如果不養妳，我養。

◆

滴滴——

手機提示音讓霍啟晨從堆積如山的文件中抬起頭，翻了好一會兒才從一堆資料夾下面找到被淹沒的手機。

其實在視窗亮起前，他就心有所感，果不其然，當他滑開螢幕時，映入眼簾的就是一封言詞簡短的訊息。

何淑淑：小晨，抱歉哦，姨媽這邊突然有事要處理，我們改天再約吃飯吧。

霍啟晨盯著那封簡訊，眉頭逐漸皺起，直到來人打斷他的思緒，他才回過神來。

「哇賽，發生什麼事了？你的臉也太臭了吧。」

去員工餐廳隨便買了個三明治裹腹的羅瑛侑路過霍啟晨的小隔間，正想順便串個門子，一走近就看到他們的王牌警探眉宇深鎖，表情凝重得彷彿他的轄區發生了多起情節嚴重的殺人案。

「抱歉……」霍啟晨聽見羅瑛侑的問句，立刻摸起自己的口袋，一邊拿出他的口罩戴上、一邊說道：「我沒事。妳怎麼來了？是屍檢報告有什麼要補充的東西嗎？」

羅瑛侑隨手抓了鄰座的辦公椅，坐上去後滑了幾步，讓自己正好停在霍啟晨的辦公桌前，語帶無奈地道：「只是路過問你吃晚飯了沒。你那表情怎麼也不像沒事吧？怎麼了？需不需要我幫忙？」

霍啟晨斟酌半晌，這才緩緩開口道：「沒什麼，就只是我跟姨媽約好的聚餐，已經改期好多次了……沒關係，我再看看最近有什麼空檔可以重新安排。」

他說著便拿起放在角落的行事曆，真的努力想在格子通通被寫滿的日曆上，尋找可以安插一頓聚餐的時間。

羅瑛侑在一旁欲言又止，最後還是決定不插手別人的家務事，轉而道：「我還以為是你今天和偶像一起上班，結果出醜了，所以在這邊生悶氣呢。」

這話題成功讓霍啟晨忘了被爽約的事，沒好氣地道：「別再提『偶像』這個詞了。」

「咦？這口氣？話中有話的感覺哦？」羅瑛侑聞到了八卦的氣息，立刻興致勃勃地問道：「你有沒有趁著職務之便要點『好處』呀？你昨天不是沒簽到名嗎？這回正好可以叫他給你開個私人簽書會，多爽啊！」

霍啟晨皺起臉，一副不想多談的樣子，但耐不住羅瑛侑不停追問，只能有些哀怨地應道：「我怎麼可能跟他說我是他的書迷？這件事跟我們的工作又沒有任何關連性。」

如果是別人說這話，羅瑛侑肯定會罵一句「矯情」，但放在霍啟晨身上就不是這麼一回事了。

這是個過分耿直的傢伙，要是認定了一切必須公私分明，那他必然會說到做到。

這讓羅瑛侑不禁苦口婆心地勸解道：「怎麼會沒有關連性呢？你想想，如果你是作者，你寫的故事被人拿來利用了，扯上可怕的凶殺案，然後有個對你的故事瞭如指掌的警探全力調查，一定會幫你抓到這可惡的模仿犯……這簡直超感人的吧！我要是路浚衡，搞不好都感動得哭出來了！」

霍啟晨環起手，試著將自己和路浚衡的立場調換，然後就發現完全無法帶入羅瑛侑形容的景象。

應該不至於特別感動吧？他的讀者粉絲那麼多，根本不缺我一個啊？

而且找出凶手，本來就是警察的工作，有什麼好大驚小怪的？

「你這沒慧根的傢伙……」

羅瑛侑看著霍啟晨那透著疑惑的眼神，就曉得對方根本就在狀況外，頓時恨鐵不成鋼地道：「明明就很崇拜對方、喜歡對方的創作，為什麼不趁此機會多認識一下呀！能跟偶像有更親近的關係，不是每個粉絲都夢寐以求的事嘛！」

但不等霍啟晨回應，羅瑛侑又逕自續道：「還是你這傢伙的追星方式，是只想遠遠看著對方，絕對不要靠近的那種？好吧，這的確是你的風格。」

「……我只希望他能一直有新作品推出，其他的事情我不在乎。」霍啟晨故作淡定地應道，可不想讓羅瑛侑知道，自己今天一整天的心路歷程有多崎嶇。

老實說，他在近距離接觸路浚衡之前，的確想過如果有一天自己能突然領悟優秀的社交技巧，他就要和自己最喜歡的作家促膝長談。

兩人可以聊聊對作品的想法與劇情帶來的悸動，他同時也能好好感謝對方這些年鍥而不捨地創作，才讓他得以靠這些故事熬過人生中那段有些晦暗的日子。

但現實是殘酷的，就先前那幾小時的相處下來，霍啟晨認清了一點，那就是偶像果然只能放著遠遠欣賞就好，靠太近就會看見令他難以接受的部分，然後那股崇拜之情就再也不純粹了。

他仔細分析過自己為什麼會對路浚衡感到厭惡，最後得出的結論是：他感覺對方一點也不把他的工作當一回事。

或許也是因為兩人經手的案子較為特殊，所以心態比較不同，但霍啟晨依舊覺得路浚衡不應該抱持如此兒戲的態度。

似乎對路浚衡來說，跟著警方辦案也不過是在為自己的下一本書取材罷了，他只在乎過程是否足夠有趣，而不在乎正義是否得到伸張。

但對死者的家庭來說，他們永遠失去了自己的家人，這怎麼可能會「有趣」？

尤其再想到今天在案發現場被「調戲」的事，霍啟晨就分外惱火──

他是真的好想知道那個故事的結局啊！太可惡了！

不過，種種想法最終只留在他腦海裡，他並未打算對路浚衡坦白，因為儘管他厭惡對方的態度，但他也沒立場去「管教」人家該怎麼做才對。

他如今只希望這個案子快點告破，這段莫名其妙的搭檔關係盡早終結，兩人回到以前的「距離」，那便萬事大吉。

他們的接觸，還是留給久久才辦一回的簽書會就好，不需要再更多了，他有點承受不住。

腦中思緒電轉，霍啟晨表面上卻是不動聲色，讓羅瑛侑以為他說的就是實話，忍不住試探道：「所以對你而言，那傢伙就只是個寫作機器，專門產出你喜歡的故事就好？哇，這麼想也太無情了吧……」

「我沒這麼說！」霍啟晨連忙否認，然後就從羅瑛侑眼中看到了一絲狡黠。

很好，被詐了。

「再繼續擺酷嘛霍警官，明明就很在意人家。」羅瑛侑笑得賊兮兮的，總算成功逗弄霍啟晨，看著對方滿溢著慌張的雙眸就覺得樂趣十足，甚至有點意猶未盡。

別人都不曉得，她第一次逼迫霍啟晨承認自己其實是個小迷弟時，這位王牌警探緊張得話都說不清楚，恨不得挖個洞躲起來的想法全寫在臉上，羞澀指數爆表。

真想讓他家偶像看看他那副樣子！羅瑛侑腦子裡全是這種唯恐天下不亂的想法，說出來肯定能讓霍啟晨嚇得心跳漏拍。

「我的想法一點也不重要！還有，他就是來幫我辦案子的，我們快點逮捕凶手就是了，其餘的事情都無關緊要！」

霍啟晨匆匆打斷這個話題，生怕羅瑛侑再這麼「誘導」下去，自己又會不小心說出什麼隱私來，最後甚至傳到路浚衡耳裡，他就休想再強逼自己淡然面對偶像了。

不對啊，他不是已經在考慮要脫粉了嗎？怎麼又……

「哦？真的是這樣嗎？」

羅瑛侑刻意拖長尾音，在霍啟晨偈促的神情下悄聲說道：「那你不要偷偷把小說放在背包裡，好像隨時想找機會請人家簽名呀……」

「我！咳、咳咳……」

霍啟晨想說自己是昨天活動後忘了拿出來，才不是刻意準備，然後就急得狠狠嗆了一口。

誰會知道自己參加完簽書會的隔天，會被上司通知要跟偶像組成臨時搭檔啊！

想到此處，他連忙撥開桌子上那堆亂七八糟的紙張，慶幸路浚衡今天在他的辦公桌旁聽報告時，沒看見玻璃桌面下壓放的簽名海報。

收起來！立刻！

看著在工作上犀利無比、日常時刻卻這麼笨拙尷尬的王牌警探，羅瑛侑哈哈大笑，整個辦公區的人都望了過來，好奇到底是什麼事情能讓這位女煞星樂成這副模樣。

「老娘的快樂，你們都體會不到呀……」羅瑛侑自言自語著，又像是在回答這些探詢的視線，然後在霍啟晨匆忙收拾藏在辦公桌各個角落的小周邊時，掏出手機拍了幾張照片，並翻出今天才拿到的通訊帳號，默默將照片送出。

對不起了小晨，但對方實在給得太多啦！

羅瑛侑：大作家，你要的「幕後花絮」來了～

（照片）（照片）（照片）

羅瑛侑：如何？姊姊我夠意思吧？直接上照片給你！

羅瑛侑：要不是看在你能幫我訂到 Le Corto 的位子，我才不會給你這麼機密的東西呢！

路浚衡：謝謝羅姊！妳還想吃什麼餐廳，我都能幫妳卡位！

路浚衡：不過霍警官居然還在加班啊？也太辛苦了吧？他有吃晚餐嗎？

羅瑛侑：還沒吃哦！偷偷告訴你，他其實是被人放鴿子了，好可憐呢！你要不要送愛心便當給他？

路浚衡：是誰這麼大膽，居然放他鴿子?!

羅瑛侑：這個訊息的價格很高昂，你暫時負擔不起唷～

路浚衡：好吧，那妳總可以告訴我他愛吃什麼吧？這樣我才能送到心坎裡哈哈！

羅瑛侑：這就得靠你自己挖掘了～

羅瑛侑：相信我，他的喜好很「特殊」，值得你好好採祕唷~

路浚衡：羅姊，妳絕對有成爲暢銷作家的潛力，也太會挖坑埋伏筆了吧！

霍啟晨這時還不曉得自己為數不多的朋友已經倒戈了，甚至拚命通敵，即將把他的底細賣得一乾二淨。

就在他把那些不能被路浚衡發現的小東西收拾完畢，並在手機備忘錄裡設置了「記得把書收回櫃子裡！」的提醒鬧鐘時，辦公桌上的電話驀地響起。

他剛接起電話，都還來不及出聲詢問，對面就傳來王秉華極為嚴肅的嗓音。

「有人洩露案情，現在各大新聞台都在報導了。」

霍啟晨心底一涼，連忙用電腦查找網路新聞台的播放頻道，剛點開直播畫面，女主播沉穩而凝重的嗓音便從喇叭竄出。

「……插播一則社會新聞：昨日，一棟位在市中心的活動會館中，發生一起駭人聽聞的命案。殺人凶手竟模仿知名小說作者路浚衡的作品《西城警事》的情節，將凶案現場布置得與小說內容一模一樣！以下採訪來自案發當天曾參與活動的書迷粉絲……」

模仿案的消息，徹底曝光了。

Chapter 7 這波轉折我是萬萬沒想到

路浚衡特地起了個大早，至少對他一個晝伏夜出、喜愛半夜三點打稿的人來說，早上七點就出門準備「上班」是一件頗為陌生的事。

正當他來到警局，以為自己可以笑容滿面地迎接搭檔上工時，才發現對方早就在自己的位置上，正一邊啃著微波的雞胸肉、一邊低頭在報告書上圈圈畫畫，似乎已經忙了好一陣子。

不對，不是這樣。

路浚衡再仔細一看，就見霍啟晨眼底有些烏青，雙眸也帶著血絲，俐落的黑色短髮因含著濕氣而比往常更服貼，漾著一圈水亮的光澤，像是剛洗過頭。

不是「像」，就是剛洗過沒錯，因為路浚衡下一眼就注意到牆角的置物櫃上掛著一條濕毛巾，放在馬克杯裡的牙刷和刮鬍刀甚至還在滴水。

路浚衡不用問就知道，霍啟晨這是根本沒回家，徹夜待在辦公室加班，方才抽空洗個澡醒醒腦的狀況。

見狀，路浚衡二話不說就轉頭又走出警局，讓正好抬頭看他的霍啟晨被這奇怪的行為弄得一頭霧水。

他當然有注意到自己的臨時搭檔來上班，不過就是猶豫一下到底該不該打聲招呼的功夫，對方居然就跑了。

我又擺臭臉嚇到人了？霍啟晨不由自主地摸摸臉頰，考慮著等吃完他的簡易早餐後要不要把口罩戴上，但又想到分局長的叮囑，頓時只覺得分外兩難。

為什麼要讓他思考這麼困難的問題！霍啟晨第無數次懊惱自己為什麼總是不知道該怎麼跟別人自在地相處，只好又把注意力擺回工作上。

工作做得好不好，是一目了然的事，可比人際交流單純多了。

不過就在他正好吞完最後一口沒有調味的雞胸肉時，路浚衡又回來了，手上拿著兩杯轉角咖啡店的杯子，笑著舉到霍啟晨面前。

「拿鐵跟黑咖啡，你要哪個？我想應該是黑咖啡？你看起來很需要提神。」

「呃……謝謝。」霍啟晨有些呆愣地接過帶著熱度的紙杯，順勢就喝了一口，隨即被舌尖上炸開的苦澀激得整張臉都皺起來。

「哎呀，太苦了嗎？還是你要喝拿鐵？我還有拿糖包。」

路湲衡見狀就要交換兩人的杯子，霍啟晨連忙縮回拿著杯子的手，讓對方撲了個空。

「我喝過了……」

「我不介意啊。」路湲衡笑了笑，二度伸手，「喝不下去可別勉強，別一大早就跟自己的舌頭過不去啊。」

霍啟晨再次躲過路湲衡的手，有些無奈地道：「喝咖啡就是要醒腦的，苦一點正好。」

就像是在證明自己的論調，霍啟晨又灌了一大口黑咖啡，興許是味蕾還沒徹底恢復，這次的苦味沒有先前那麼強烈，反倒是熱流滑過食道帶來的暖意讓他舒了口氣，因為通宵辦公而緊繃的身子也獲得了些許紓解。

眼見霍啟晨沒打算和自己交換，路湲衡也沒堅持，跟著喝起另一杯拿鐵，一邊啜飲一邊說道：「咖啡因確實可以提神，但喝咖啡是一種享受啊……唉，這家店的豆子也不行，一點都不香。我明天去我的愛店買好喝的給你，絕對讓你重新認識咖啡，不再把它當成能量飲料來喝！就這麼說定了，你等著！」

霍啟晨沒接這話，而是唐突地道：「局長有事找你，他現在就在辦公室了。」

「啊？不會又是要說昨天上新聞的事吧？我都已經被京哥唸了一整晚，來這邊居然還要再聽一遍重複的長篇大論⋯⋯」

路浚衡嘴上牢騷個不停，腳步卻是不慢，乖乖走向分局長辦公室，門都不敲就直接進房，那態度自然得彷彿那辦公室其實是他的。

霍啟晨等看不到對方的身影時才悄悄鬆了口氣，剛才發生的事情也在腦中慢速重播了一回，才反應過來路浚衡是看出他通宵一夜後，立刻跑去買了一杯咖啡給他提神醒腦。

他甚至貼心地買了兩種口味，好應付對方不同的飲食習慣，盡可能給霍啟晨最合乎自身喜好的選擇。

他還要了糖包。

霍啟晨又默默喝了一口熱度適宜的咖啡，忽地在杯子揚起時看到先前沒注意到的小細節。

工作辛苦了，但也別累壞自己哦:)

白色的一次性咖啡杯蓋上，用黑色簽字筆寫了些字句，尾端的笑臉符號畫得俏皮可愛，甚至能依此想像出筆者的語氣，整行字正好處在喝的人端起杯口時，能一眼看見的位置。

霍啟晨蒐藏的簽名書裡，有幾本是附帶贈言的，所以他一眼就認出這是路浚衡的字跡，而不是咖啡店店員的，頓時愣愣地舉著杯子，直到感覺唇瓣被咖啡煨得有些燙熱，才連忙放下紙杯，並把停在口中好一會兒的苦澀液體吞入喉中。

他百思不得其解，那傢伙到底怎麼在短短十分鐘內先觀察出他的狀態，接著跑去買了咖啡，還不忘在杯子上親自留點小「驚喜」，然後用稀鬆平常的態度把這杯充滿細節的飲料送到他手上？

別的不說，起碼在看到那行字時，累積了一整晚的疲憊與焦躁瞬間一掃而空，還十足醒腦，比什麼能量飲都來得有效。

撐一、兩晚不睡覺對忙起來的霍啟晨而言算是稀鬆平常，不過連續幾個小時都埋在大量又枯燥的文書作業裡，確實讓他感覺自己的思緒有些僵硬，乾脆趁著這一杯咖啡的時間放鬆一下，免得狀態下滑。

「辛苦嗎……」霍啟晨每揚起一次杯子，便能看到那句話，忍不住低喃自問。

不辛苦，這是他該做的事。

但有人慰問的感覺，的確很好，哪怕這有可能只是句客套話。

當路浚衡聽完王秉華的「訓誡」走出辦公室時，就看到霍啟晨一人坐在自己的小隔間裡，總算放下手邊所有工作，表情平淡地啜飲著咖啡，似乎在享受這份片刻的寧靜。

而每當他抬高杯口時，視線就會在杯蓋上多停留幾秒，然後再慢慢放下紙杯，隨後又拿起來喝一口，如此循環往復不止。

看到這一幕，路浚衡只覺得胸膛裡隱隱騷動，嘴角不由自主地勾起一抹玩味的弧度，又故意站在霍啟晨的視線死角處，隔著半人高的霧面屏風多看了幾眼，才拎著報紙走回他的隔間。

察覺有人走近，霍啟晨正想開口說點什麼，路浚衡就搶先一步截過話頭，牢騷道：「不就是上了一回社會新聞嘛，有夠大驚小怪。而且我什麼都沒幹耶！怎麼一個個都擔心我會失言或行為脫序……我又不是三歲小孩，我管得住自己好嗎！」

他嘴上說著毫無說服力的話，邊嘆氣邊搖了搖手上的報紙，那是從王秉華辦公室裡順手拿走的，第一頁的半版頭條寫的就是模仿案的概要，而下半版則放了路浚衡的照片和他的小說封面，還特地又分出一個欄位放上倪疏的角色定裝照，可以說是介紹得頗為詳盡。

案件夠不夠「大條」還真不好說，但至少這一波曝光將這部作品以及衍生電影直接用到整個范西市民面前，論推廣效果絕對比前天辦的發表會要好上百倍不止。

就是個另類宣傳，還不用花半毛行銷費，出版社和片商聽了都流淚。

「話說回來，這頭條的選圖也選得真夠爛的，社會版記者是不是看我不爽之類的啊，怎麼有辦法把我拍得這麼醜？還是娛樂版的美女們好啊，每次報導我都會把我拍得很帥，非常有職業素養！」

路浚衡這麼一說霍啟晨才想到，眼前這男人確實是報章雜誌上的常客，最常出沒於報導八卦的娛樂新聞版塊，大多是因為跟一些偶像明星、政商名流等人有曖昧關係而上報，而且男女通吃，「狩獵」範圍十分廣泛。

由於本身外貌條件就不差，又是個有百萬銷量的當紅作家，交際圈也頗為廣泛，路浚衡甚至還登上「范西市黃金單身漢榜」的前五名過——

和浪漫又多金的藝術家來點親密接觸，有多少人能拒絕這樣的機會呢？

當然，這問題拿來問霍啟晨，他肯定是拒絕的，因為路浚衡輕浮的生活態度，算是他在正式認識這位大作家之前，就覺得反感的部分。

但那時的路浚衡離他很遠，他也對別人的私生活不感興趣，所以可以說是毫不在乎。

可如今對方成為自己的工作搭檔，就算只是臨時的，他似乎也該對此做出一些關心才是？

「這會對你有什麼影響嗎？」霍啟晨終於逮到路浚衡碎念的空隙，連忙把問題拋出。

昨晚新聞出來後，被爆料是電影幕後金主的市政府與市警局，立刻就感受到輿論壓力，但這畢竟只是一起凶殺案，而不是涉及廣大市民安全的公共危機，所以整體情況也還算不上太嚴峻，只要後續案情沒有失控，市民們的注意力很快就能被轉移到別的事情上。

但對市警局來說，重點其實不是什麼城市聲譽，最初決定要盡可能封鎖消息的主要緣由，是出自對凶手的犯罪側寫。

對這種模仿犯來說，新聞媒體的曝光是一種極大的刺激。

有些凶手，可能會因為自己被整個城市的人盯上，而決定偃旗息鼓、低調熬過這段「敏感期」，等眾人的警覺性稍降再繼續作案，或乾脆就此收手，遁入人群之中，將自己偽裝成毫無危險性的普通人，逃之夭夭。

但模仿犯不同，這類人本身就帶有一種扭曲的表演慾望，想從模仿偶像的行為中獲得成就感，而媒體對凶案的渲染，極可能為凶手帶來莫大的滿足感，促使他繼續犯案。

甚至還有更可怕的發展，就是出現第二、第三個以此為行凶手法的殺人魔。

很多時候，蟄伏在人群中的惡魔，缺少的只是一個動手的契機。

而這次的案件又是較為特殊的，因為凶手模仿的是虛構的情節，所以警方原先也考慮過，這可能是個虛實不分的精神病所為，由於太過沉迷在小說世界中，而決定將劇情搬入現實。

但主導案件調查的霍啟晨對此持保留態度，因為他認為凶手是很冷靜、理智的類型，可以說他絕對有反社會傾向，但應該不是精神崩潰的病患。

只是在媒體大肆報導之下，很難說他會不會逐漸拋開理智，變成徹頭徹尾的瘋子。

而相較於還處在「看熱鬧不嫌事大」這種狀態下的普羅大眾，有些人就相當警覺，同樣認為案件曝光會刺激到凶手，可能引來更危險的情境，所以第一時間就向市警局求救——

那個人是倪疏的經紀人。

石承榆表示，凶手很可能盯上他家藝人，畢竟倪疏可是扮演著小說中的束光警探，是將凶手繩之以法的正義使者，這位模仿犯很可能對倪疏不利。

這番推論聽著還有點道理，但石承榆提出的要求就很不合理了：他想讓市警局派人二十四小時保護倪疏的安危。

現在終於知道怕了？那之前為什麼不好好配合警方調查？

而且他們把市警局當成什麼了？私人保全公司嗎？

霍啟晨當時就冷冷說了句「警察不是你的私人保鑣」，然後就把電話掛了，讓石承榆忿忿不平地找到王秉華那裡，希望能讓分局長對他的手下施壓，配合這個貼身保護計畫。

如此荒謬的請求，最終當然是被王局長駁回了，而且霍啟晨還不忘提醒石承榆要帶倪疏過來補作筆錄，別讓他浪費時間親自上門堵人，那樣會拖慢他的調查進度。

霍啟晨只是實話實說，因為他這邊的調查人手真的嚴重不足，但那話聽在石承榆耳裡就像是要脅，讓他別再想著干擾警方作業，不然一天找不出凶手、自家藝人就一天不得安寧。

石承榆不得不妥協，但同時也十分氣憤，覺得這位號稱王牌警探的毛頭小子在欺負他們，大半夜不睡覺，用倪疏的社群帳號對粉絲大打悲情牌，字裡行間全是對市警局是否有認真處理案件的質疑，成功引起一小波輿論撻伐。

正在大加班的霍啟晨收到消息時頭都快炸了，因為真的有激動的粉絲直接找到市警局來，就想聽聽案件負責人的說法，保證市警局有正視倪疏的人身安全問題，而非敷衍了事，置他們家偶像的安危不顧。

好在王秉華直接任命局裡的公關部門將這件事情處理妥當，讓警探專心查案，而安撫案件相關人員的工作就交給這方面的專家處理。

霍啟晨也是在見到路浚衡才後知後覺地想到，倪疏那邊鬧了個不大不小的麻煩，那路浚衡呢？

是因為已經用顧問的身分介入調查，所以就不跟那位小明星一起吵著要市警局給予特殊照顧了嗎？

「影響？噢，準備迎來一波銷量高潮算不算？」

路浚衡又露出了讓霍啟晨不喜的嬉鬧神情，笑著續道：「昨晚新聞一報，網路書店和電子書城立刻多了好幾筆訂單，全是好奇心爆炸的人，想拜讀一本被殺人犯模仿的小說到底都寫了些什麼。

「我家編輯估計，新聞如果繼續報下去，這個月的暢銷榜很可能又是我拿第一了，而且不止最新一集，是所有集數都會上榜。京哥昨晚說到這件事的時候，都快把嘴給笑裂了！」

「所以，對你來說，銷售量比逮住凶手更重要？」霍啟晨質問的嗓音已經多了一絲怒氣。

昨晚倪疏等人做的事，頂多讓他感到荒謬，還有一絲工作之餘還得處理蠢事而造成的不耐煩，說不上有多氣憤。

但那此刻路浚衡的說詞，是真的讓他動怒了。

「啊？當然不是這樣！銷量什麼的是開玩笑的，我也想盡快抓到凶手，因為我可不希望又出現下一個受害者！」

霍啟晨聞言便稍稍鬆了口氣，認為路浚衡果然還是有道德底線的，就是這幽默感令人不敢恭維，分不清他到底是開玩笑的技巧很爛、或是真的沒有良知。

結果他就聽到路浚衡繼續解釋道：「而且死一個人，大部分的人會感到好奇，但死兩個人以上，覺得有趣的就只剩那些獵奇的變態了，普通人只會開始各種『滑坡』言論。

「他們會說，這一切都是小說作者的錯，要不是我寫了這種暴力血腥的東西，怎麼會有人想模仿？是我給了凶手殺人靈感，我跟凶手一樣可惡，應該一起被槍斃！」

路浚衡插著腰，一副過來人的蒼涼神態，搖著頭感嘆道：「這年頭啊，像我們這種販賣『內容』來娛樂消費者的創作者最倒楣了，什麼亂七八糟的社會現象都能怪到我們頭上。我可是要寫一輩子小說的人，才不想因為一個殺人犯就被文壇封殺！」

說穿了，還是通通與自己有關，這目中無人的混帳！霍啟晨氣惱地別過視線，不想再看這個令他一大早就血壓升高的白目。

他隨手把早就喝空的紙杯扔進垃圾桶裡，杯蓋朝下。

路浚衡當然有捕捉到霍啟晨的怒意，便迅速轉換話題，問道：「那現在知道是誰將消息透露給媒體的嗎？該不會是凶手本人吧？覺得他的『傑作』無人知曉，就按捺不住想要炫耀的心情，選擇主動爆料！」

談起工作內容，霍啟晨沒理由不和搭檔分享，只能沒好氣地搖著頭道：「我倒希望是凶手做的，因為這樣肯定會留下線索，只要沿線追查，遲早能把他挖出來。不過很遺憾，爆料人不是凶手，是死者的妻子。」

「嗯？她為什麼這麼做？」

霍啟晨皺起臉，半是痛苦、半是不解地回道：「我其實也不太明白她為什麼這麼做……總之她給的理由是，她認為她丈夫既然是在工作期間遇害，那他所任職的公司也該負起責任，便向『西市報』提出巨額賠償金，結果被拒，她就在律師的慫恿下曝光丈夫的死訊，想依此逼迫『西市報』賠錢。」

「呃……這波轉折我是萬萬沒想到。」

「大家都是。」

霍啟晨只能感嘆，這年頭的新聞媒體是真的沒什麼下限可言。

昨晚搶到獨家頭條的是長年與「西市報」打對台的「聯邦時報」，對於報導敵對公司職員慘遭殺害的案件沒有任何壓力，甚至背地裡暗笑競爭對手居然讓自家「肥田」裡長出來的題材便宜了別人，簡直毫無媒體人該有的專業嗅覺。

所以當時報負責人被請來警局時，他壓根就沒打算隱瞞，一副稀鬆平常的口氣承認消息來源就是死者遺孀，並理直氣壯地表示他們擁有新聞自由權，市政府不能限制他們要發什麼頭條。

然後忙到有點上火的霍啟晨就把負責人直接扔進拘留室，讓他跟幾個喝醉酒的遛鳥俠、當街鬥毆的流氓、在公車上猥褻女學生的痴漢共處一室，看他幾個小時後會不會換個態度重新做筆錄。

同時，死者的遺孀也被找來問話，這女人本以為市警局是來替她和西市報作調解的，如果丈夫的公司還是那副事不關己的態度，她不介意再向聯邦時報提供更多秘辛。

結果等著她的是被王秉華一通電話叫來加班的檢察官，一開口就是說要起訴女人，罪狀有妨害公務、恐嚇公眾、煽惑他人犯罪、違反社會秩序維護……等，族繁不及備載，把女人嚇得連悲情牌都不敢打，拚命低頭認錯。

事實證明，大晚上的被迫加班就算了，還是處理這種荒謬的事情，任誰都會火氣大，不知情的人還以為檢察官列這麼多罪狀，是要起訴炸彈客之類的恐怖分子。

受到這兩波天兵的連續打擊，等霍啟晨終於找到時間開始排查嫌疑人資料時，都已經是淩晨的事了，索性就直接在辦公室幹個通霄，免得待辦事務越積越多，延宕了整個調查的進度。

當然，這或多或少也跟他不想處理某些情緒，而選擇用工作來麻痺自己有關。

一旁的路浚衡很快梳理完昨晚曲折離奇的事態發展，又看了一眼霍啟晨辦公桌上那一整沓寫滿註記的資料，立刻語帶心疼地道：「昨晚你居然處理了這麼多事，也太辛苦了……你可以找我來幫忙的呀！」

霍啟晨差點就脫口反詰「你能幫什麼？幫倒忙？」，但隨即想起杯蓋上的小語，再看到路浚衡那不似作假的關心神態，頓時有些心軟。

「我們不是搭檔嗎？這是『我們』的工作，我可以替你分擔的，別什麼事都自己一個人扛。」

「哦……哦。」

霍啟晨狀似尷尬地應了幾聲，聞言的瞬間竟感到有些鼻酸，但這感受立刻被他擺到那堆他不想處理的情緒之中，一如既往地選擇壓抑、無視它們，好像這麼做就能讓它們慢慢消失。

路浚衡卻是注意到霍啟晨面色有異的那瞬間，而且對方又一次躲開他的視線，讓他隱約察覺這位王牌警探在某些方面的確頗為笨拙。

這個男人，在工作時是如此專注、嚴肅且雷厲風行，一舉一動透著不容置疑的威信，彷彿沒有什麼難題能撂倒他。

可一旦撇除工作，他卻是做什麼都透著點木訥與不自信，讓人很難想像這兩種位處極端的性格特點是怎麼同時出現在一個人身上？

這是什麼……可愛到不行的屬性啊？

路浚衡心裡樂開了花，霎時有股想要逗弄霍啟晨的強烈衝動，但理智提醒他眼下的時機和情景都不合適，只能強壓住躁動的心緒，也學起對方公事公辦的作風，逼自己把注意力擺回工作上。

「其實昨晚我也做了點功課，本來想著今天上班時給你點驚喜，順便邀個功什麼的，沒想到你忙成這樣，讓我都有點不好意思把東西拿出來了。」

路浚衡嘴上這麼說著，可手的動作卻沒有遲疑，從背包中掏出一疊釘好的資料，一臉期待地遞給霍啟晨。

霍啟晨低頭一看文件，發現和自己昨晚做的東西很類似，就是一份整理並註記過的名單。

「我知道我們先前討論過，並沒有特別把凶手歸類到『瘋狂書迷』的類型中。但我覺得不用把情況說得那麼死，而且嫌疑人名單本來就不短，交叉比對一下說不定能有些意料之外的發現。」

路浚衡指著那份資料，進一步解釋道：「我昨天請出版社的人替我整理了一份『問題人物名單』，都是曾對我或出版社發出不當言論或舉止怪異的人。當然，偶爾為之的那種我們是不會特意關注的，誰都有腦衝亂講話的時候，尤其在網路上匿名發言時更是，沒必要把每個對我出言不遜的人都記下來，那只是在浪費生命。

「不過，這些人都是持續異常行為至少一年以上，才會被我們的社群管理員上『紅標』。假如日後出現更激進的舉動，就會考慮走法律途徑，而他們曾經幹過的事就是熱騰騰的證物了。」

霍啟晨翻看那幾張紙，發現列在上面的人並不多，就五個，這數字遠低於他的預期。他自己也是個在網路上追蹤路浚衡的讀者粉絲，只不過追得不是很勤奮，通常只關注與出版相關的訊息，屬於比較「佛系」的追星族類型。

但就是他這樣的粉絲，都見過不少在網路上對路浚衡惡言相向的匿名者，而且什麼難聽的話都敢說，好像覺得沒人知道他們是誰，就可以為所欲為。

路浚衡畢竟已經有成為公眾人物的條件，這是他必然會遇上的情境，霍啟晨不知道對方是如何調整心態，但他自己每次看到那些惡意滿滿的言論都覺得難以忍受，所以也讓他更不喜歡做什麼社群互動、和其他書迷交流心得等事情，連在網路上都顯得十分孤僻。

路浚衡顯然看出霍啟晨的疑惑，這就補充道：「列印出來的是摘要啦，我只挑了五個行為最誇張的傢伙，還有其他人選跟詳細資料我用成電子檔了，給你。」

但霍啟晨沒有馬上接過路浚衡遞來的隨身碟，而是死死盯著紙張，似乎找到什麼關鍵線索，表情變得非常專注而凝重。

「怎麼？看出什麼問題了？」路浚衡興沖沖地追問，順勢坐上辦公桌邊緣，很自然地低下頭往霍啟晨面前一湊，跟他一同看起文件。

霍啟晨渾然未覺路浚衡的接近，還在認真盯著紙張，同時伸手輕輕劃過一個名字，開口低喃道：「這個人，陳允武……」

「噢，你說『Leo0306』嗎？這人的事蹟我很熟，也算是個『老朋友』了呢。」

霍啟晨正想追問細節，一抬頭就發現眼前被一片陰影籠罩，逆著光的角度看不清路浚衡的臉龐，卻能從對方的視線中感受到一絲笑意。

此刻，他腦海中只剩下一個想法——

太近了！

霍啟晨反射性地往後一縮，先撞在自己的椅背上、椅背再撞到身後的置物架，由於力道不小，鐵架都被砸得「砰」了一聲，劇烈的晃動在巨響之後接踵而來，放在最上層的雜物在左右搖擺幾秒後，還是決定從層板上一躍而下——

咚！

「嗚……嗚！」

被市警局精裝月曆筆記本正中天靈蓋，霍啟晨第一聲低呼是因為驚嚇，第二聲則是因為在腦袋上炸開的疼痛，忍不住抱著頭頂那個迅速腫起的小包，低下頭瑟瑟發抖……

除了痛得發抖以外，大概還有羞恥得發抖。

「天啊！你沒事吧？」

路浚衡也被這陣騷動嚇得不輕，反應過來後立刻手忙腳亂地湊上前想確認霍啟晨的狀況，卻是被對方伸手抵著胸膛一推，毫不猶豫地拉開兩人之間的距離。

「我、沒、事！」霍啟晨咬牙說著違心的話，強忍著痛楚轉移話題，硬是說道：「你繼續、繼續說……那個趙允武的事……」

「看起來就超痛的，怎麼可能沒事啊？」路浚衡不忍吐槽某警官被砸得嫌疑人的名字都搞錯了，見對方明顯不想讓自己接近，便轉為掏出手機，對著螢幕劈哩啪啦敲打起來。

路浚衡：姊！求救！妳那邊有沒有冰敷袋？這裡需要醫療支援！

羅瑛侑：……

羅瑛侑：老娘這邊是法醫室，不是醫務室好嗎？你需要借開胸器或骨鑽再來找我！

路浚衡：噢抱歉抱歉，我這是關心則亂了哈哈哈……

羅瑛侑：怎麼回事？你受傷了？

路浚衡：霍警官被從櫃子掉下來的東西砸到頭了，看起來很痛的樣子，想給他借個冰敷袋什麼的。

路浚衡：他好可憐，被砸得都開始胡言亂語了，我好心疼！

羅瑛侑：？？？

羅瑛侑：聽起來好像很有趣的樣子，我來湊個熱鬧！

路浚衡：羅姊！妳好歹告訴我醫務室在哪再來湊熱鬧啊！

路浚衡見自己的訊息遲遲未讀，想來是不用奢望羅瑛侑能提供什麼實質幫助，隨即抬頭左右張望，並迅速想到完美的應急措施。

霍啟晨捂著腦門，羞得抬不起頭，但又好一會兒沒聽見路浚衡的聲音，小心翼翼用眼角餘光觀察，才發現對方不知道什麼時候又跑了，但也沒跑遠，而是進了四面八方都能看見屋內動靜的會客室，正站在自動販賣機前摸口袋。

只見他投幣買了罐飲料，又匆匆跑回霍啟晨的小隔間裡，將冰鎮過的鋁罐遞過去，勸道：「別逞強了，我又不會笑你還什麼的……先用這個頂一下，我去找冰敷袋給你，等我。」

「不、不用……」

霍啟晨忽地扯住路浚衡的手，眼神中透著些許無助和慌亂，似乎連他自己也搞不明白，為什麼這一瞬間不想讓眼前的人再度離開。

可路浚衡卻是懂了。

方才兩人的動靜並不小，半開放式的隔間又讓人看不清楚裡面究竟發生了什麼事，不免引起周圍同事的好奇，紛紛把視線投射過來，想透過屏風的空隙一窺究竟。

雖說這時間點的辦公區裡，還在位子上的都是和霍啟晨一樣通宵奮戰了一整晚、正有些精神不濟的警探，全部不過一掌之數，但對霍啟晨來說，這些人或好奇、或看戲的眼神同時投射到他身上時，就令他侷促得呼吸滯礙。

他不想獨自面對這個情境，只能伸手抓住離自己最近的那個人。

「哈哈哈，小晨你看起來也太狼狽了吧？要不要羅姊給你『呼呼』啊？哈哈哈哈……」路浚衡是答應不取笑霍啟晨，羅瑛侑可沒有，一來就扯著她標誌的菸酒嗓放聲大笑，甚至拿出手機把這珍奇的一幕拍下來。

照片裡，平時在同事眼中不可一事的高冷警探，此刻正眼眶泛紅、神情無助，嘴角還抿出了一個委屈的弧度，如此可憐兮兮的模樣卻搭配著頭頂一罐冰可樂的滑稽動作，像個怕迷路的孩子般緊攥著路浚衡的袖口，往日的威嚴碎得滿地都是。

羅瑛侑掏手機拍照的手速快得在空氣中刷出殘影，被拍的當事人都沒能反應過來，倒是一旁的路浚衡見狀，立刻拚命朝她使眼色，她也很有默契地瞪回去，兩人一頓擠眉弄眼後達成了一筆無聲的交易。

大抵是用某警探的萌照再換一頓高檔餐廳的美食，這樣無聲又無恥的交易。

「好啦，看完熱鬧，老娘要掰了，晚上見……嗯，還是別了，連兩天通霄加班，我怕你暴斃了直接躺著進我法醫室。」

慣於晝伏夜出的羅瑛侑正是要下班回家的時候，嘴上說著嚇人的玩笑話，自顧自地打卡離開，絲毫沒掩飾自己就是特地跑來看熱鬧的，讓霍啟晨再度哀痛自己簡直遇人不淑。

但他能怎麼辦呢？朋友已經少到沒得挑剔的地步了啊。

驀地，他身旁的路浚衡又一次靠坐回桌沿，與先前不同的是，對方刻意轉了個角度，讓自己的背影恰好可以擋在屏風的開口處，成功阻斷八成以上的探尋目光。

「我繼續說陳允武的事？」

「嗯……」

霍啟晨看出路浚衡此舉是在照顧他的情緒，羞愧之感更濃，好半晌都沒發現自己到此刻仍舊緊抓著對方，把西裝外套的袖口捏得皺褶不堪。

路浚衡假裝沒注意到霍啟晨的小動作，故作淡定地介紹道：「他算是我的老書迷了，在我剛開始上網連載作品時就追蹤我的人，應該有……十年？嗯，十年的老粉資歷。

「他跟我在網上的互動其實不算太多，但我那時候就知道他也是一名創作者，筆齡比我還長，只是實力是真的稍差一些，始終寫不出符合出版水準的故事，所以也有點憤青的傾向，覺得自己懷才不遇，動不動就發文抒發不得志的怨氣。

「在我成功出版後，他和我的相處氣氛就變調了，主要表現在他認為自己當了我那麼多年的追蹤者，我有義務回饋他，回饋方式就是幫助他出書。嗯，我知道，這很有情緒勒索的味道，但除非不得已，我實在不喜歡跟人撕破臉。

「對於他的要求，我愛莫能助，且不提水準不到位的部分，他的稿子有著濃濃的仿造痕跡，似乎覺得只要寫得像我的故事，他也有機會能被出版。這種可以說是劣質仿冒品的東西當然不會有出版社願意收，所以在屢屢碰壁後，我也成為了他仇視的對象，他認為是我偷走了他成名的機會。

「最荒唐的就是，他對我的作品是真的瞭如指掌，而且總會在我的新書上市後沒多久，就端出一本很類似的低級仿作……說實話，我有時候都很佩服他的產量和毅力，有這種執行力，為什麼不好好自己架構一個故事，非要照抄我的啊！」

路浚衡說到激動處又開始手舞足蹈，這才讓霍啟晨意識到自己始終沒鬆手，隨即紅著臉悄悄放開前者的袖子，心虛地盼望對方並未察覺自己方才有多失態。

論自欺欺人，某位王牌警官也是箇中翹楚。

「總之，在模仿文字沒有辦法獲得他要的結果後，他決定在現實裡模仿故事劇情好引起注意，這就是我懷疑陳允武有殺人動機的理由。你呢？你又是為什麼會第一眼就懷疑到他身上？」

此時的霍啟晨已經恢復原本的狀態，在他桌上那疊文件中一頓翻找，很快就找到了他的目標。

路浚衡接過那疊紙，立刻就注意到列在最前面的人名與大頭照，再隨意掠過下方內容，發現整體文件格式看起來是從人事部門直接要來的聘僱人員基本資料表。

「活動部計時助理，陳允文……嗯，這名字的確是太巧了。」

昨晚霍啟晨把發佈會當天在場的員工資料篩了一遍又一遍後，還是有近二十二個人擁有可以犯案的條件，所以下半夜都是在仔細整理這幾個人的相關資料，希望從裡面挖出一些蛛絲馬跡。

在這過程中，免不了自然記下一些看過數次的訊息，所以第一時間就和路浚衡帶來的資料作出連結。

他示意路浚衡翻到下一頁，指著標有「緊急聯絡人資料」的格子，上面寫的人名赫然就是陳允武，與陳允文的關係是「兄妹」。

「雖然也有可能是同名同姓，但這個陳允文還有個可疑的行為，是她曾向活動部負責人通報自己不慎遺失了員工通行證，負責人沒有多問就補了一個新的通行吊牌給她。」

霍啟晨之所以會發現這件事，還得感謝人事部盡忠職守地記錄了當日發放的通行吊牌數量，所以當他注意到員工通行證的數量比實際人數多了一個後，立刻抓著這點反覆追問，才調查出這段小插曲來。

路浚衡反應也很快，馬上就接話道：「所以你是懷疑，這個陳允文假借通行證遺失的理由，幫自己哥哥『騙』了一張免費入場券……嗯，這的確是很可能發生的事。因為出版社那邊都很熟我講的那幾個問題人士，如果工讀生的名單裡出現他們，應該是不會放行的，陳允武想靠正式的工作人員身分進場確實有難度。

「但親戚關係這個就太枝微末節了，京哥沒注意到很合理，加上當天現場的人員管制是真的爛，讓他藉一張活動部發出去的『正規』通行證混進來的難度不高！而且有個妹妹當內應，搞不好他之前就已經鑽漏洞跑進會場踩點過，難怪能那麼從容不迫地殺完人後布置現場，凶手肯定就是他了！」

霍啟晨聽完卻是毫不留情地駁斥道：「我只是說這對兄妹的嫌疑比較大，並不代表陳允武就是凶手。別忘了，我們之前推論過，凶手應該是礙於無法隨時離開會館，所以才把凶器與相關證物棄置在現場。

「假如凶手真的是陳允武，他行凶完後假裝自己是普通書迷，有事需要提早離場，就能大搖大擺地走出會館，根本不需要用那種迂迴的手段處理證物。」

雖然被當頭潑了一桶冷水，但路浚衡並不介意，還是興沖沖地道：「不管怎麼說，都得約這對兄妹來一趟警局受詢對吧？我可以觀摩你怎麼審問犯人了對嗎？太刺激了吧！

我好興奮！我這個顧問身分是只能在外面旁觀，還是可以進去和你一起審問？拜託讓我進去，拜託，我保證會像個隱形人一樣，絕對不干擾你工作！」

霍啟晨瞬間又是一個怒火直衝腦門的節奏，似乎連頭頂腫起來的小包都在跟著脹痛，正想訓斥對方自己審問嫌疑人是很嚴肅的事，別說得像是看猴戲一樣，一道刺耳的警報聲便打斷他開口的機會——

嗶、嗶、嗶——！

辦公區所有人都被這一串巨聲嚇了一跳，更有人直接從位子上跳起，神情警戒地四處張望。

路浚衡自己也被這聲音轟得失神幾秒，這才趕緊從口袋裡掏出手機，關掉提示音的同時，臉上露出了相當微妙的表情。

「怎麼回事？」霍啟晨的問句剛出口，路浚衡就把手機螢幕豎在他面前，用畫面來解釋這一場騷亂。

只見路浚衡的手機上，正撥放著監視錄影器的即時影像，與門鎖系統綁定的監視器在屋子被暴力破門時，按照程式設定向屋主與保全公司同步播放現場畫面，於是就有了路浚衡親眼看著陳允武和幾名男女一同硬闖他家的詳細過程。

「那個啊……不管陳允武是不是凶手，他這下子都得進警局了。請務必好好審問他，最好嚇一嚇這傢伙，看能不能把他腦子嚇得恢復正常。」

「這該不會是……」

「對，我家。說真的，我可不想用這種方式邀請你去參觀我家呀！」

路浚衡痛心疾首地說道。

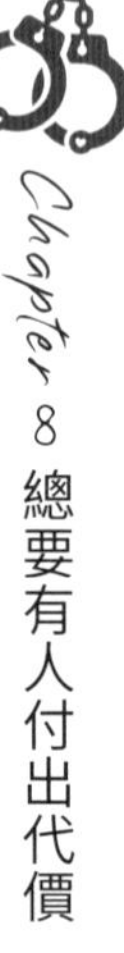
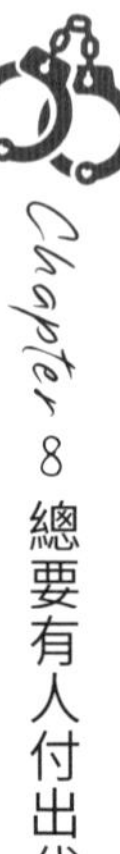

Chapter 8 總要有人付出代價

霍啟晨看著堆在自己小辦公桌上的數個紙箱，難得楞神良久都不知道該如何是好。

他才剛結束連續兩天的通霄加班，忙得住處都沒時間回去，喝咖啡喝得舌頭都快喪失味覺，真的撐不下去就趴在桌上小瞇一下，結果才剛向上司做完工作進度匯報，回頭就發現自己位子上多了一堆搬家用的厚紙箱。

拿起手機，霍啟晨第無數次查看通訊軟體上的最後一則訊息，因為對方發完自己想說的話之後就將他拉入黑名單，所以他的訊息也傳不出去，只能看著喪失溝通功能的聊天室窗兀自傷神。

我受夠你了，我們還是分手吧。

你放我這邊的東西我都寄到第一分局了，今後別再出現在我人生裡，你這討人厭的絆腳石！

雖然對於「被分手」一事早有預料，但霍啟晨以為自己至少還有機會和對方坐下來好好聊一聊這個問題，而不是被男友用一封短訊就結束這段將近三年的感情。

不對，該稱呼為「前男友」了。

話說回來，這些箱子也收得太整齊了吧？壓根沒給人任何商討的空間。

此刻，他不善於處理情緒的大腦有些當機，也可能是連著高強度作業太多天，反應變得遲鈍，所以歷經如此重大的感情變故，他表面上卻顯得十分平靜。

「小霍，你剛剛報告的是什麼鬼東西！」

組長的吼聲讓霍啟晨被嚇得回神，連忙轉身對氣到青筋畢露的楊志桓道：「我認為我的報告寫得很清楚了，請問組長是覺得哪裡有錯漏嗎？」

楊志桓聽到霍啟晨的回答，胸口頓時一陣抽痛，感覺自己被氣得一口氣喘不上來，忍不住捶著胸口罵道：「你想氣死我嗎！誰問你有沒有錯漏，我是說你為什麼要跟王局長說27B的案子是獨立案件！老許才剛說完那是連環竊盜案，你就在後面反駁你的臨時搭檔，你是有什麼毛病啊！」

霍啟晨雖然戴著口罩，但一眼就能從他露出的眉目之間看出濃濃的困惑。

「可是從現場跡證調查的結果來看，玉樹街27B的命案雖然也在新欣社區裡，但跟其他同地區中發生的五起入室竊盜案沒有明顯的關聯。只因為屋子是被暴力破壞進入的，就直接認定是同一夥人做的，這樣實在太武斷了……難道組長你也認同這個猜測？

「但我必須說，這可能性太低了，一個是竊盜，一個是殺人，兩種犯案意圖的嚴重程度差太多。如果要說是偷竊途中失手殺了屋主也不太合理，因為27B的現場還有很多貴重物品沒被拿走，屋中只有明顯的破壞痕跡，但看不出來遺失了什麼。在新欣社區裡發生的其他起竊案，屋主的昂貴藝術品、3C用品等等可是都被搬得一乾二淨。更何況27B受到破壞的只有客廳，其他房間都沒事，怎麼想都有問題吧？

「還有，死者也和其他幾位竊案被害人明顯不同，他只是個退休的中學老師，收入與存款都不像其他幾人那麼多，名下資產最貴的就是房子本身，沒有任何購買奢侈品的記錄，連車子都是二手的，竊賊到底盯上他什麼，我查好多天的財產明細都查不出個名目來——」

楊志桓被這一連串推論轟得暈頭轉向，連忙打斷霍啟晨，極力掩飾著心中的尷尬，故作鎮定道：「我的意思是，你怎麼能跳過我和你的搭檔，直接跟王局長報告你的看法呢？你覺得有疑點，應該先跟我說，我跟老許大致瞭解過案情後，我們再來調整調查方案嘛。你怎麼能在週會上……反正你這樣做事是不行的！能不能給你的前輩還有其他罪案組一點

尊重啊！」

聽到組長的說詞，霍啟晨眉頭皺得更緊了。

「我對王局長直接報告調查進度，跟尊重前輩，這兩者的關聯性是什麼？而且如果按你說的方式來處理，是不是太沒效率了？」

你是真的不懂還是裝的啊！楊志桓氣得快吐血，自從這個被分局長直接空降進第一分局凶案組的年輕人來到他手下後，他的血壓就持續走高，讓他懷疑自己可能會在上班中途忽然中風。

霍啟晨的履歷完美得挑不出任何毛病，年僅二十三歲，以第一名的成績從警校畢業一年多，就已經獨自偵破數起重大刑案，被第一分局的老大見獵心喜地抓來當部下是很理所當然的事，幾個分組長對此也是見怪不怪，畢竟他們手下或多或少都有類似經歷的組員存在，霍啟晨算不上最特別的那個。

楊志桓原本也以為這名新人和以往沒什麼不同，結果老油條這回卻是碰上了剋星，因為霍啟晨不只有著新人的高昂幹勁，性格更是耿直到讓人懷疑他到底天性如此、還是刻意為之。

這傢伙才不過進凶案組一個多月，就把全組的前輩都得罪一輪，眼下已經開始禍害起其他分組了。

你要說他討人厭，沒錯，他非常討人厭，可在公事上他並沒有做錯什麼事，工作態度更是積極到令人敬畏的地步，若是去私人公司上班，絕對是老闆最愛的拚命型員工，是個要死也會死在辦公桌上的工作狂，還是業績特別漂亮的工作狂。

但在待人處事上，他真的差勁無比，最常幹的事就是毫不留情地批評前輩與上司，並隨時隨地指出他們的錯誤，再提出一個更好的解決方案——

對，他還會教你如何把工作做得更好，能不氣人嗎？

楊志桓幾次都有衝動想脫口說：「不然組長你來當好了啦！」

但他不敢，因為他怕霍啟晨會直接點頭答應。

就很氣。

「呵，老楊，不錯嘛，收了個很『勇』的手下哦，不愧是王局長直接塞進來的超級新人，很有主見啊！看來以後你們凶案組又要多一張王牌了是吧？」

楊志桓還沒教育完霍啟晨，身後就傳來充滿嘲諷的嗓音，讓他只能硬著頭皮轉頭應道：「老胡，別這麼說……你看，小霍他才剛來一個月，對我們做事的習慣還不是很熟悉，還是跨組合作，所以……」

這件事說來也怪楊志桓自己，因為組裡的人都不太願意跟霍啟晨搭檔，但王秉華又時時關心霍啟晨的工作狀態，生怕分局沒有徹底發揮這位新人的所有潛力，這位凶案組的楊組長便突發奇想，讓霍啟晨先和其他組的人合作辦案看看，說不定有人能忍得了他的作風，願意直接把他帶走呢？

楊志桓想得很美，但現實是殘酷的，霍啟晨這顆燙手山芋果然剛到別人的地盤上，就馬上又燙傷人，還是在每週例行的晨間工作彙報上直接把協作辦案的老前輩狠狠質疑了一通，一副想讓人家連退休金都領不到就捲舖蓋走人的氣勢，讓其他前輩跟著「同仇敵愾」起來，大力抨擊他的無知與無禮，想讓他受點教訓。

結果卻更氣人，因為王秉華完全站在霍啟晨那方，甚至鼓勵他今後也要多多仗義執言，才能替有些僵化的工作氛圍帶來新的氣象。

分局長就差沒直接說「這小子我罩了」，其他人還能說什麼？

這些老油條又怎麼會看不出來，霍啟晨就是王秉華拿來告誡他們的「警示牌」，讓他們別想仗著資歷深就在崗位上混水摸魚。

最近幾年，第一分局的破案率一直沒有提升，王秉華早就想對手下的警探們好好整治一番了，而霍啟晨就是他的「刀」，負責把任何尸位素餐的人一刀刀削乾淨。

他們不曉得當刀的霍啟晨是怎麼想的，反正他看起來非常熱愛自己的工作，成了分局長的工具人似乎對他沒什麼影響，該辦的案子還是會辦、該得罪的人還是照樣得罪，我行我素得很。

胡晏輝今天在分局長面前被剛畢業一年多的菜鳥削了一頓，也不打算給楊志桓好臉色看，冷笑著道：「沒關係，既然『你家的』新人這麼有想法，那個案子就讓他自己辦吧，老子不插手，他要真的辦出個東西來，我也絕對不爭功！反正我們竊案組一向比不上你們凶案組嘛，最好的人才都在你們組上呀！」

「老胡，你這樣講就太不給面子了吧？而且這案子你確實辦得不好啊，你可別是為了拚破案率就胡亂結案啊！」

「屁！竊案組的結案率比你們凶案組不知道高了多少，怕年底又被王局長釘就想走旁門左道的是你們吧！」

在旁邊默默聽兩位前輩針鋒相對半晌，霍啟晨終於忍不住開口打斷他們，一臉認真地問道：「所以玉樹街的案子可以讓我獨自偵辦嗎？請放心，如果中途真的有查到什麼和新欣社區竊案相關的線索，我會第一時間回報給胡學長的。」

「你還給我當真了！我他媽——」

「就讓小晨負責吧。」

王秉華的聲音幽幽傳來，不只怒罵被打斷的胡晏輝被嚇了一跳，楊志桓也是心中一緊，不曉得這位分局長是什麼時候站到他們身後的，更不知道方才的爭吵內容被他聽去了多少。

「局長，這……不太合規矩吧？」楊志桓還想做垂死掙扎，因為光是想到這樣的安排會給自己惹來多少麻煩，他的胃就在隱隱抽痛。

雖然這起案件死了人，理論上是凶案組負責，但竊案組的人認為是連環竊盜案的團夥們犯罪升級，所以偵辦案件的主導權應該在立案的他們手上才對。

楊志桓也沒打算跟竊案組的人爭這筆「業績」，但現在如果讓霍啟晨特別把其中的凶案抽出來獨立調查，先不說他到底能不能查出個名堂，這行為本身就很替凶案組招恨，更會讓人在背後質疑他這個組長為什麼連一個組員都管不了，對方愛幹麼就幹麼，根本不把其他同事放在眼裡。

「沒關係的，我對小晨有信心，我剛剛聽他簡報的時候，已經有清晰的偵查方向了，應該很快就能解決的。」王秉華笑著拍拍楊志桓和胡晏輝的肩膀，又道：「年輕人有幹勁、有想法是好事，我們就該多多鼓勵，甚至可以學習一下，免得思想都僵化了，是吧？」

「嗯，我覺得局長說得很對。」

誰問你意見了啊！楊志桓罵不出口，只能用眼神狂刷霍啟晨的臉，卻只得到對方一副充滿決心的表情。

「局長，我會好好做的。」霍啟晨慎重地點點頭，隨後就抓起自己的機車鑰匙，大步流星地走出辦公區。

「喂！你去哪！」

「報告組長，我要去案發現場！」

臭小子，好歹看著我的臉報告啊！而且我准你去了嘛！楊志桓氣得臉紅脖子粗，沒注意到一旁的王秉華笑得有多開心。

有關組長與分局長天差地遠的情緒表現，完全不在霍啟晨的關注列表上，他現在滿腦子只想著要回到玉樹街27號B室，親自用雙眼仔細觀察一遍案發現場。

沒錯，先前偵辦時，胡晏輝並沒有讓他到現場觀摩，只拿了鑑識組拍的照片應付他，讓他總感覺自己可能遺漏了什麼重要線索，現在有機會掌控整個調查方向，他自然得回到案子的起始點，將所有細節重新檢查一遍。

他一邊在腦中默背著被害人的背景資料，一邊打開機車車廂，隨即被映入眼簾的兩頂安全帽弄得思緒凝結。

「……該還他嗎？」霍啟晨低聲自語，想到前男友既然把自己的東西都還回來，那這頂安全帽他是不是也該回寄給對方？

還是應該直接扔掉？但這東西又不屬於他，亂丟別人的東西是不行的吧？

總不可能留著自己用……

「嘖。」霍啟晨懊惱地揉著臉，抽出自己的帽子戴上，一把蓋住車廂，也蓋住湧上心頭的雜亂心緒。

他不想處理這些情緒，也沒空處理，因為他還有工作要忙。

只要專注在查案上就好，這是他擅長的事，他能做好，他不會讓任何人失望。

那個人說過：專注做好自己擅長的事，你的堅持與努力，會替你帶來很好的回報。

玉樹街離第一分局不遠，霍啟晨很快就抵達目的地，下車時正好看見一台貨車就停在發生命案的老公寓大門前，車廂上大大的搬家公司標語觸動著他的神經，讓他又想起自己辦公桌上的紙箱們。

他甩甩頭將那些「無關緊要」的感受拋到腦後，拾級走上公寓五樓，再次暗忖這起案件怎麼會是竊案升級的凶案？

竊賊略過低樓層，偏偏要挑老公寓最頂層的住戶下手，這不是給自己找麻煩嗎？這樓雖然也有電梯，但是一部老舊到移動時會發出各種怪響、彷彿隨時可能解體的貨梯，速度還慢得要命，在這種地方行竊完，光是搬贓物就搬到哭出來吧？

這得多特立獨行才會挑這種居住條件的被害人下手？生怕自己溜得太快沒人逮得住，所以放慢腳步好照顧查案的警探們嗎？

看看那群在大門口等著貨物下樓的搬家工人，一個個等得都不耐煩了，要是住戶願意加錢的話，他們說不定寧可爬樓梯也不要等這部又小又慢的電梯，因為實在太浪費時間了。

霍啟晨走到位在五樓的27B時就發現，搬家的居然正好是隔壁的27A，從敞開的大門看進去時，屋子裡已經沒什麼家具了，空得可以直接從門口看穿整個房屋格局，顯然很快就會結束搬運作業。

對此，他稍微留了個心眼，隨後就從口袋裡掏出乳膠手套戴上，並用隨身小刀割開貼住門框下半部的封條，矮身鑽入屋子。

一旁忙碌的搬家工人早注意到這名年輕人的身影，但見他進入案發現場的神態自若，也就默認他是辦案人員，沒有出聲詢問，只在經過27B門口時，一個個好奇又小心地望進沒有闔上的大門裡，想見識一下命案現場到底長什麼模樣。

霍啟晨沒管外面那些搬家工人的舉動，進門後先仔細看過一遍門口的電源開關，確認沒什麼特殊之處後，便按開了客廳的電燈。

此時接近正午，屋裡的窗簾沒拉，陽光給予的照明倒也堪用，但他還是把燈點亮，讓自己可以在充足的光線下好好審視整個現場。

第一秒映入他眼簾的，就是地毯上那灘已經變成深褐色的血跡。

死者是腦部後方遭到重擊，用的凶器則是擺在茶几上的菸灰缸，凶手行凶完後還匆匆擦拭過凶器，除去自己留下的指紋，種種跡象顯示這場襲擊應該是突發而非預謀。

這種從背後攻擊被害人的情況叫做「偷襲」，通常不外乎是被害人根本沒察覺凶手存在、或是他對凶手沒有戒心，才會將自己的背部朝向對方。

而霍啟晨之所以更傾向這凶案並非竊賊所為，就是因為案發時間可是上午，在這採光充足的客廳裡要無聲無息地偷襲人也太困難了，他更相信是被害人和凶手本來就是相識關係，在毫無防備的情況下轉身背對人時，被對方用菸灰缸砸中腦袋而死。

而凶手犯案後，可能想到了最近社區裡橫行的一夥竊盜團體，便刻意翻倒、砸毀屋中擺設，將屋子偽裝成像是被人闖入行竊過，藉此擾亂警方的調查方向。

這拙劣的舉動還真的起了效果，起碼那個懶得多花時間調查的老警探就直接把凶案劃進那一系列的入室行竊案中，這樣一來他只要找到那個竊盜團夥就好，而不是又多一個殺人犯要抓。

但只要稍作推理就知道，這分明是衝動犯罪，凶手和被害人不只認識，應該還有更深的愛恨情仇關係，而不是毫不相識的竊賊與苦主。

霍啟晨腦中迅速浮現被害人的資料，這名叫許仲安的六十五歲獨居男人，是從新欣社區中學高中部退休的老師，沒有近親也沒有娶妻生子，有點年紀但身體狀況還不錯，完全可以自理生活起居。

他固定的社交活動有每週三跟其他退休老師打牌、每週五的社區活動中心讀書會、以及偶爾去流浪動物之家當義工。

他雖然獨居，但性格開朗又愛交際，時常有朋友到家裡拜訪，更有幾個他教過的畢業學生會定期探望，屬於獨而不孤的類型，退休後的生活依舊很熱鬧。

事實上，發現他陳屍家中的，正好就是來找他敘舊的學生，幾天前剛結束的告別式也都是學生們籌措的，顯然他在教書生涯中，獲得了不少來自學生的愛戴。

這樣的受人敬愛的好老師竟然慘死自宅，的確會讓親友們寧可相信這是場意外，而不

是任何一個他認識的人做的事，因為大家實在無法想像他到底得罪了什麼樣的人，才走得如此不安寧？

看完一片狼藉的客廳與開放式廚房，霍啟晨拐入臥室，隨即又是一愣。

由於臥室和客房這一區塊都沒有受到凶手破壞，所以鑑識組並沒有拍照記錄，霍啟晨也是直到此刻才得知這個房間的特殊之處。

以這棟公寓的戶型來說，這臥室太大了，應該是兩個房間合併打通的結果。

這裡也確實不只臥室的功能，那張略顯狹窄的單人床只占據房間的一個角落，四面牆裡有三面都做成了層架堆疊的書櫃，還有一張非常舒適寬闊的書桌，放眼望去是數不盡的藏書與教材，給人一種走進小圖書館的錯覺，與其說是臥室裡放了書櫃，不如說是書房裡放了張床。

身為一名教師，有這樣的藏書量並不令人意外，深深吸引著霍啟晨目光的，是位在書桌正前方、另外加裝玻璃門防塵的櫃子，裡面陳列著一位作者的全部著作，以及由他的作品衍生出的周邊產品。

「你也是他的書迷嗎……」霍啟晨忍不住呢喃出聲，走到櫃子前欣賞那一排排整齊放置的小說，猶豫半晌後還是沒有伸手拿取，而是讓那些書維持著主人最後擺放的樣子。

那些書全是由他最喜歡的作者——路浚衡——所撰寫，書目蒐羅得相當齊全，而且還每套兩本，已經和每套收藏三本的他差不多了。

事實上，這櫃子也和他租屋處裡的擺設很像，只是他的牆上還多了幾幅親簽海報，把那個角落妝點成他的追星特區。

他忽然慶幸，那位蹩腳的凶手沒砸了這個房間，不然他肯定會跟屋主一樣心疼得要死。

驀地，一股強烈的恐懼感湧上心頭，讓霍啟晨狠狠打了個冷顫。

不知怎麼地，他竟有那麼一秒將自己帶入了被害人的狀態，想著自己老了以後也是個喜歡窩在家裡看書的獨居男人，只是他沒有和自己交情深厚的朋友、也沒有敬愛又關心他的晚輩，哪天發生意外死在屋裡，或許得等屍體發臭了才有人發現……

我在想什麼！霍啟晨用力拍了一下腦門，強行把注意力轉回案子上，而不是在那裡胡思亂想。

他晃著被自己拍到有點暈的腦袋，走到書桌前查看，立刻注意到玻璃桌墊下方壓放的月曆上寫了幾個註記，其中一個還正好是安排在今天的計畫。

2PM 如馨 陳醫師 23xx-xxxx #xxx

看起來像是看診預約？「如馨」是診所的名字嗎？

霍啟晨掏出手機，將註記上寫的幾個關鍵字及電話號碼鍵入搜索框，跳出來的第一個搜索結果就是「如馨婦幼醫院」。

一個獨居男人為什麼有婦幼醫院的看診預約？霍啟晨將這個疑點記下，又在這個臥室與書房二合一的房間裡搜索一遍，才轉而來到走廊另一端的客房。

一打開客房門，霍啟晨就知道狀況有異，因為房間相當凌亂，但不像是被人翻箱倒櫃過，而比較像是欠缺整理。

床上堆成一團的棉被、凹陷的枕頭、半開的衣櫃與抽屜、八分滿的垃圾桶……種種跡象表明，肯定有人在這裡待了一段不短的時間，但很可能是在匆忙的狀態下隨意收拾完行李後便離開，所以還有著濃濃的居住痕跡。

許仲安的臥室就收拾得挺整潔，所以對比起客房的雜亂，霍啟晨認為這更可能是住了一個生活習慣稍差的房客，而且離開的時間點肯定非常接近命案。

牆角下的小夜燈還亮著呢。

霍啟晨越看越感到生氣，這麼可疑的房客到底去哪了？他或她為什麼沒有被寫進調查記錄中？

他不信那個辦了二十多年案子的老警探會看不出房內的疑點，更可能的情況是他這位臨時搭檔壓根就沒有仔細看過整個現場，而是在認定是連環竊案的其中一宗後，就直接當作半結案了，根本懶得深入調查。

「怎麼能這樣……絕不能這樣！」霍啟晨捏緊拳頭，做了幾次深呼吸才把怒氣壓抑住，蹲下身翻動那個裝了不少東西的垃圾桶，反倒感謝起這名住客不怎麼優秀的衛生習慣。

要是對方很愛乾淨，天天倒垃圾，他就少了一桶可以推論住客身分的證物了。

反正是戴著手套不怕髒，霍啟晨大膽地把手插進桶子裡撈了撈，很快就從帶著髒汙的卸妝棉與幾片假睫毛中判斷出，這名住客應該是女性。

當然，也不能排除是一位喜愛化妝的男性，但接下來翻到的紙盒讓他確信這裡住的絕對是女人。

只見紙盒上分別印著「葉酸」、「維生素B群」、「綜合維他命」、「益生菌」等字樣，看起來就是一般藥妝店能買到的那種保健食品，再結合先前那個婦幼醫院的預約，很容易就能得出這房間裡住的不只是女人、還是個孕婦的結論。

許仲安沒有結婚、也沒有女朋友，那這名住在他家卻又在命案後消失的孕婦，究竟是誰？

霍啟晨思索半晌，確認自己先前看到的資料中，都沒有提過符合這個條件的案件相關人物，便乾脆脫了手套，拿起手機撥打某個門號。

電話那頭很快就有人應答，在吵雜的背景音中大聲說道：「我說過啦，不加價！我那棟樓明明就有電梯，加什麼樓層費啊，你們這是搶錢！」

霍啟晨愣了一下，用同樣不小的音量，一字一句應道：「請問是、住在玉樹街27A的、林先生嗎？我是、第一分局的、警察！我想問一下、27B屋主的事情！」

電話那頭傳來稀稀簌簌的聲響，幾秒後終於沒了鬧哄哄的背景音，27A的屋主林三貴這才用正常的音量答道：「欸……警官你好，你要問什麼？」

霍啟晨卻沒立刻提許仲安的事，而是轉而問道：「林先生，我現在就在玉樹街這邊，看到你家裡有好多搬家工人，你這是……」

林三貴重重嘆了口氣，用心有餘悸的口吻解釋道：「隔壁鄰居都被殺了，我怎麼還敢住那裡啊？都變成凶宅了欸！我老婆這幾天還一直說自己做惡夢、夢到隔壁許老師滿頭是血，跟她哭訴自己死得好冤，我光是用聽的都快嚇死了好嘛！住不下去、真的住不下去！」

意識到自己越說越激動，林三貴頓了頓才又稍微和緩的語氣續道：「警官，你是需要我做筆錄什麼的嗎？我已經離開范西了，但開車回去一趟還不算太麻煩……雖然我也不知道能幫上什麼忙，但許老師的事真的是……我也希望你們能快點找到凶手，讓他可以瞑目啊，唉……」

居然都已經離開范西市了？霍啟晨詫異於林三貴的效率，緊接著才切入正題，問道：「我是想請問一下，你知不知道住在許老師家的另一個人是誰？」

「這個我不知道耶，但應該是他的學生哦！他學生有時候來找他玩，就會借住他家裡，都還滿乖的，不會吵鬧，大家都很習慣他家有人進進出出了。」

林三貴簡短的回答就透露了不少訊息，霍啟晨乘勝追擊，續問道：「那你有見過最近這個來找許老師玩的學生嗎？應該是一名女性。或是你有和她交流過，都說了什麼，請務必詳細告訴我。」

「交流哦？交流是沒有啦，但之前剛好看到她下樓去門口那邊曬被子，大家都習慣在那邊曬東西，太陽大嘛……噢，對對對，是個小女生沒錯，看起來年紀不大，長得還挺漂亮的……我老婆說在走廊遇到她的時候有跟她打招呼，但她好像很怕生，不太敢跟陌生人講話，點點頭就躲回屋子裡了……」

林三貴零零散散地說了一大堆，很多都是廢話，但也不乏極有價值的訊息，霍啟晨耐心聽完後，很快就在腦中描繪出這名神祕房客的模樣——

外表亮眼的年輕女性，可能是許老師的學生，懷有身孕但應該只是初期，所以孕期特徵不算明顯，性格內向怕生，暫住27B的期間並未和公寓住戶有大量交流……

「下午兩點……嗯，來得及。」

霍啟晨離開這棟玉樹街的老公寓，火速前往下個調查地點：如馨婦幼醫院。

他確信，只要找到這名下落不明的孕婦，肯定就能解開案件謎團。

竊案組已經辜負這位許老師一次，現在案子由他接手了，他一定會逮住這名殘忍的殺人犯。

這是他擅長的事，他不會讓任何人失望。

◆

上午的暖陽從大片落地窗外射入，鋪灑在溫潤的木質地板上，也照亮了寬敞的宅邸。偌大的廚房中，一道身影正在爐台前忙碌著，大理石檯面的巨大中島上已經半滿，全是色香味俱全的美食，看得人食指大動，且期待更多菜餚能填滿剩餘的桌面。

「早安啊，睡美人。」

舉著鍋鏟的路浚衡回頭朝走近廚房的人微微一笑，適時端上一杯剛煮好的熱咖啡，頓時讓人無法決定是咖啡豆香、還是在平底鍋中加熱後的油脂更香。

吧檯邊的女子伸了個懶腰，曼妙的身材曲線在質料微透的男用白襯衫下若隱若現，胸口處幾顆扣子被雙峰撐起的高度繃得快要斷開，還能從衣襟的縫隙裡看到一片引人遐思的雪白。

「啊，要不是這陣香味，我還捨不得起床呢。」女子輕啜一口咖啡，發出了享受的嘆息聲，眼見路浚衡赤裸的背上還有著數道淡淡的抓痕，嘴角便忍不住勾起一抹誘人的弧度。

路浚衡似乎沒察覺身後那灼熱的視線，繼續料理手上的食材，隨口問道：「另一個睡美人呢？他再睡下去，可就錯過我精心準備的豐盛早午餐了。」

「怎麼可能錯過呢？這可是暢銷作家為我做的菜啊……哈嗯……」

另一道身影也一邊打著呵欠一邊走近，是一名和女子相貌極為相似的青年，身上隨意披著一件浴袍，敞開的袍子下同樣是線條完美的胴體，白皙的肌膚上隱約能看見點點紅痕，全是幾人放縱了一整晚的證據。

「是做給『我們』的菜。」女子哼了聲，在弟弟坐下時不輕不重地踹了對方一腳，後者也沒躲，只是懶懶地瞟了姊姊一眼，然後同樣伸手拄著腦袋，姊弟兩人一起欣賞某位大廚勤奮又帶一點情色的背影。

「等等吃完飯要去海灘逛逛嗎？這片海灘都是私人領域，包在這棟別墅裡了，不會有人來打擾我們哦。」路浚衡端上最後一盤菜時笑迷迷地提議道，吧檯對面的姊弟倆人都聽出話裡隱含的意思，同樣回以曖昧的笑容，一切盡在不言中。

就在這個悠閒又浪漫的當口，路浚衡的手機鈴聲非常煞風景地響起，讓他只能無奈地接起，免得打這通電話的人會鍥而不捨地瘋狂撥打。

「京哥，你明明答應過我，交稿以後能讓我盡情放浪一個月，這才過了不到十天你就call來，實在太過分了吧！你知道我正在跟可愛的雙胞胎共度美好假期嗎？雙胞胎欸！你——等等，你再說一遍？」

路浚衡埋怨歸埋怨，語氣還是帶著笑的，但通話中途忽地變了臉色，口吻也越發凝重，到最後甚至成了帶著怒意的低吼。

「不要對我開這種玩笑，你知道臭老頭對我來說有多重要……你閉嘴，我現在就確認！」

路浚衡臉色鐵青，直接撇下對狀況一頭霧水的美人姊弟，走到自己的行李箱旁，暴躁地將整個箱子裡的東西全倒在地上，然後從凌亂的物品中翻出筆記型電腦，一邊通話一邊開機。

電話那頭的吳京還在說著什麼，但看著電腦的路浚衡已經好長一段時間沒有回話，只是死死盯著螢幕上的視窗，搭在鍵盤上的手止不住地顫抖。

過了良久，路浚衡終於恢復說話能力，一聽那乾啞的嗓音就知道他正極力壓抑著快要暴衝的情緒。

「抱歉，京哥，我剛剛有點失控……能幫我訂回去范西的機票嗎？嗯，越快越好……直接去找老王？好，我知道了……」

路浚衡掛斷電話，又在電腦前呆坐好半晌，這才回神開始收拾行李。

雙胞胎姊弟終於找到提問機會，姊姊立刻問道：「你要走了？」

「嗯，臨時有重要的事情得處理，不好意思，不能陪你們玩了。」路浚衡努力擺出笑容，此刻的和顏悅色顯然都是強裝出來的，拎著衣物的指尖都在發顫，似乎已在崩潰邊緣。

「呿，也太掃興了吧？而且我跟姊姊也是特地為了應你的邀請才排休的，結果這就放著我們不管，自己忙自己的事情，是不是有點過分了啊？我——嘶！」

眼見不識趣的弟弟還在牢騷，姊姊當即又踹了他一腳，這次的力道非常重，都能聽見清晰的拍擊聲，還有弟弟咬牙隱忍的哀號。

「抱歉，我真的有事得提前離開。」路浚衡臉上已經毫無笑意，僅剩一片冰冷，但他依舊忍著沒對無關的人隨意撒氣，只是淡淡續道：「別墅這邊，我租了到月底，所以還剩十幾天的時間可以用。你們就在這邊好好放鬆度假，有什麼開銷都算我的，就當是賠禮了，諒解一下吧。」

「好吧，慢走不送。我跟姊姊會好好度假的，你就去忙你的要緊事——嘖！姊妳別再踢我了！」

路浚衡根本沒心思理會那無禮的青年，匆匆收拾完畢就趕赴機場，終於在范西市這邊的傍晚時分下了飛機，一天之內就從風光明媚的渡假勝地來到高樓林立的鋼鐵叢林，心情似乎也因著環境轉換而變得更加低落。

他風塵僕僕地來到王秉華家門前，雖然也有點困惑對方約他的地點有些奇怪，但他不是第一次拜訪好友的住家，這就熟門熟路地穿過前院，直接拍起門板。

「阿衡，你來啦！坐那麼久的飛機和車子，應該很餓了吧？快進來、快進來！」

「大嫂好，這香水送妳。」路浚衡沒說自己心情糟得壓根吃不下東西，還是端起客氣的笑容，將臨時在機場免稅店買的伴手禮遞給女主人。

「哎呀，來我們家還帶什麼禮物啊，太見外啦！快去吧，老王在等你喊開動呢！」林穗芳嘴上這麼說，臉上倒是笑得挺開心，連忙將路浚衡迎到餐廳，自己卻是提著他的行李上樓，沒打算加入這頓晚餐，而是去幫他收拾客房了。

來到充滿家庭氣息的小餐桌旁，路浚衡坐下後也不動碗筷，就是一言不發地瞪著王秉華，眼眶逐漸泛紅，似乎直到此刻才終於釋放壓抑許久的情感，卻也不敢大肆宣洩，只讓紛亂的情緒一點一點滲出，直到將他整個人吞噬殆盡。

王秉華嘆了口氣，這才開口道：「許老師的事，我真的很抱歉……我有一個好消息和一個壞消息，你想先聽哪個？」

「別問我這種廢話！」路浚衡已經無力擺出任何虛假的和善，雙眼佈著憤怒與疲憊交雜的血絲，腮幫子都因為用力咬著牙而微微凸起，脖頸甚至浮現青筋，整個人瀕臨爆發。

「我接下來要講的事情很多也很複雜，重點是，肯定有你聽不下去的部分，所以你給我收拾好情緒，不然今天這頓飯就只是單純的接風洗塵，我是不會告訴你任何有關許老師的事的。」

王秉華此話一出，路浚衡氣得差點要掀桌走人，但在看見對方那不容置喙的凝重神情後，還是逼自己靜下心，徹底恢復理智後才朝對方點點頭，示意自己已經調整好心態，可以接受現實了。

「我先從案件最初的調查說起吧……」

這頓飯兩人吃了很久，不過桌上的菜也只少了些許，王秉華是忙著解釋前因後果所以沒時間動筷子，而路浚衡則是單純地沒有胃口，甚至在聽完來龍去脈後還感到一陣反胃，胃酸似乎都湧到喉頭，讓他覺得嘴裡全是又苦又澀的味道，噁心得要命。

花了點時間消化剛剛聽到的訊息，路浚衡沉默半晌才開口問道：「懲處的部分，現在進行到哪一步了？」

既然都錯過見許仲安最後一面的機會，那就無所謂了，他可以等所有事情都處理好，再去墓園裡找恩師慢慢敘舊。

現在，先讓他把該做的事做完。

「這已經不是單純一個警探瀆職的問題，而是整個部門都需要動刀整治，所以你就放心吧，內部調查部的人可是樂壞了，一大筆業績呢，他們絕對傾全力辦到底，不會輕放任何相關人物。」

出了這樣的事，王秉華其實是不可能置身事外的，但分局長的位置沒那麼容易就丟了，所以他倒是沒表現得太緊張，心情上更多的是對路浚衡這忘年之交的擔憂。

他知道許仲安對路浚衡來說，是比生父更像父親的存在，自己的至親遭遇這樣的慘案，沒有人能冷靜面對。

「你接下來有什麼計畫？會做到什麼程度，還是先透個底給我吧。」

王秉華起身從冰箱拿了一瓶燒酒出來，雖然他的酒櫃裡有更名貴、拿出來更有面子的好酒，但此刻他家這位客人需要的不是品味，而是發洩，所以酒精度數足夠醉人就好。

路浚衡默默看著遞到面前的酒杯，接過後果然一飲而下，感覺酒精正在喉頭與食道裡灼燒，這才啞著嗓子怪笑道：「什麼程度？呵，在不影響其他學生權益的情況下，我能做多少就做多少……正好也暑假了，這點還真不需要我多費心，我可以保證所有知情不報者都別想好過。學弟妹們可能一開學就發現，學校完全變樣了呢！」

他自己抓過酒瓶又倒了滿滿一杯，像在喝水一般胡亂灌下肚後再度開口。

「總有人要付出代價，最好是所有人。」

發生在許仲安身上的事情，只能說離奇得彷彿是路滲衡寫的小說裡會出現的情節，讓人荒謬地感嘆靈感不愧源自於生活，因為很多時候，現實要比虛構的故事還灑狗血。

一切事件的起始點是一名年僅十六歲的高中少女，她其實也不是許仲安的學生，她入學時許仲安早就退休了，名義上並無瓜葛。

但許仲安是教過少女的哥哥和姊姊的，對這一家孩子都很熟悉，所以少女實際上和這位退休老師有私交，並非完全陌生。

暑假剛開始的幾天，少女就被姊姊帶著找上許仲安，神情凝重地告訴他，自己的妹妹懷孕了，而且懷的還是學校老師的孩子。

這把許仲安嚇壞了，更驚人的是，那名身為孩子生父的老師已經知情，並要求少女把孩子打掉，因為他是不可能為此負責的。

姊妹兩人的家庭背景本就比較複雜，求助親屬不如求助曾經的恩師，許仲安也在第一時間就接納少女，讓她暫住自家好躲避正在瘋狂找人出來墮胎的狼師，同時努力動用自己的關係，想辦法解決這個棘手的問題。

他卻不知道，自己的好心沒帶來好報，而是引來凶惡的歹徒。

少女躲了幾天就被狼師找到行蹤，直接上許仲安的門要把人帶走，許仲安怎麼可能讓對方得逞？當著幾人的面就將這件事通報到學校，老師誘姦學生的醜聞徹底曝光。

想到自己即將面對身敗名裂的下場，這名狼師當場就失控了，趁許仲安不備時動手攻擊，等回神時人已經被自己打死。

先是誘姦學生，現在還攤上殺人罪，狼師自己也慌得要命，卻還是以此相逼，告訴少女這一切都是她的錯，許老師會死也是她害的，她老早把孩子打掉就沒這些事了，現在兩人已經成為凶案共犯，一起亡命天涯是唯一的解決方式。

將現場偽裝得像是遭人搶劫後，狼師帶著少女逃走了，便有了後面第一分局接手案件、竊案組老警探武斷認定這是入室連環竊盜案之一的發展。

這案子原本就要這麼稀哩糊塗地被結案了，除了查案的警探瀆職之外，新欣中學也因為害怕醜聞爆發會影響學校聲譽，而不敢將許仲安生前最後一通電話是打給學校通報狼師的事告訴警方。

反正他們也不能肯定許仲安就是被狼師殺死的，萬一真的是竊賊下的手呢？

至於懷孕的少女和狼師逃去哪裡？現在是暑假時間，學校管不了這麼多，誰會知道放假時的學生跟老師都去了哪裡？

路浚衡聽王秉華說到這裡時都是一陣心悸，無法想像許仲安要是就這樣不明不白地死去，他的靈魂會有多痛苦？

路浚衡是個沒有宗教信仰、也不信鬼神的人，但在這一刻，他開始相信人死後還是會留下點什麼的，就連鄰居太太做的惡夢，本會視作無稽之談的他也深信那是真的。

在所有人都不明就裡、或選擇裝聾作啞時，有個還牢記自己是警察、應該為被害人伸張正義的年輕人，頂著各方壓力堅持把案子查個水落石出，終於在狼師把少女帶到其他城市墮胎前找到人，將差點被埋葬的真相找出。

王秉華也有些慚愧，因為他是一直到霍啟晨都正式結案、內部調查部門的人找到他這個分局長面前對竊案組提出瀆職調查時，他才驚覺死者居然就是許仲安。

他差一點也成為路浚衡清算的對象。

只不過，狼師雖然被逮捕了，少女那邊也有社會局介入安置，但包括當初報警的、事後籌措許仲安告別式的這些畢業學生們，直到現在都還不曉得案情真相，始終以為許老師就像學校告訴他們的，死於入室搶劫，就是一場令人悲傷的意外，沒有更多隱情。

但這不公平，對許仲安跟他的學生來說都是。

王秉華知道這件事已經出了太多差錯，所以新欣中學裡替狼師隱瞞真相的那夥人，他決定交給路浚衡處理。

這也是他為什麼把人約來家裡吃飯，而不是在警局轉述案情，因為他把朋友的身分擺在分局長之前。

他知道這麼做並不對，但……

管他的。

總要有人付出代價，最好是所有人。

別看路浚衡平時總是嘻皮笑臉、浪蕩不羈的樣子，好像對什麼都不怎麼上心，玩樂主義至上，人生只要過得浪漫快樂就好。

可一旦牽扯到他重視的人，他也可以變得心狠手辣。

就像現在，他已經在算計著要怎麼讓新欣中學的老師與高層都大換血了。

他可以保證學校不倒，畢竟學生是無辜的，不能影響他們的受教權益，但新學期開始時，還剩多少老面孔在學校迎接學生們，這就是個好問題了。

半瓶燒酒下肚，路浚衡看起來反而來更冷靜了，王秉華也不打擾他喝悶酒，自顧自地默默吃菜，餐桌上的氣氛沉悶良久後，才被前者的輕笑聲打破。

「那位負責調查的警官……霍啟晨是嗎？我想見他，替老頭好好感謝他。」

如果沒有霍啟晨，許仲安是真的死不瞑目，路浚衡很懂他家老師的性子，要是他地下有知，免得肯定不是真凶逍遙法外，而是那名少女身陷危險卻無人知曉。

霍啟晨不只找出真相，更拯救了一名人生差點毀於一旦的少女。

不，他其實還救了某個錯過關鍵時刻，以為自己要在悔恨中渡過一生的人……

那些負責許仲安告別式的學生其實是有寄訃告給路浚衡的，但他正好處在交稿後的休假期，除了吳京的電話，所有訊息他一概不理，結果就這樣錯過了見至親最後一面的機會。

要是讓他知道殺害恩師的凶手還逍遙法外，他一定會瘋掉。

聽到路浚衡的要求，王秉華卻是搖搖頭，斟酌半晌後還是實話實說道：「我希望你別見他。」

這要求出乎路浚衡意料，他怔愣幾秒，正想開口追問，卻又突然想通了王秉華拒絕要求的因由。

「你希望他一直這麼『純粹』下去，是嗎？呵，你果然是隻老狐狸……」

王秉華沒承認也沒否認，只是朝路浚衡一聳肩，態度曖昧不明。

范西市的治安說不上太糟，但也很多年沒進步了，警察系統功能不彰是一大主因，這點市政府難辭其咎，近期也開始計畫要大刀闊斧地整治現況。

王秉華雖然只是個分局長，但能坐到那個位置也不是只靠功勳就夠，判斷政治風向的能力可不能太差，不然很快就會被人從座位上吹走，回到基層幹那些又髒又累的工作，還沒多少人知道自己為這座城市的治安做出多少貢獻。

霍啟晨是他挖到的「寶」，就如路浚衡形容的，這名年輕警探的「純粹」極為難得，如果能一直保持下去，他的第一分局就能漸漸清掉那些老鼠屎，不再深陷於陋習堆積而成的泥淖中。

屆時他管理的，就不只是范西市第一轄區的分局，更是所有轄區裡「第一名」的分局。

但一把刀子在髒肉上切來切去，總是會怕它也跟著鈍了、銹了，所以王秉華希望霍啟晨眼裡始終只有辦案這件事，不為其他的目的，就只是專注執行他心中的正義，這樣他的刀刃才能永遠鋒利。

「英雄」是不需要感謝的，只要給他們一個需要守護的目標就好。

「好吧，雖然你把我的恩人當工具人，但我能理解你在那位置辦事的苦衷，我就勉為其難地為了你，當個默默追星的小粉絲就好。」路浚衡輕輕舉杯，聽語氣像是心情已經恢復不少，還能調笑道：「這位霍警官從今以後就是我的偶像了，我相信在你的『培養』下，他會成為警界巨星的。」

「噢，他會的，你不曉得他有多優秀。」王秉華舉杯輕敲路浚衡杯子邊緣，也將燒酒一飲而盡。

「你多和我說說他的事我就曉得啦……嘔……」路浚衡搗著嘴斜靠在桌上，空腹灌酒的後勁終於湧上，胃液不斷翻騰，讓他覺得心口像被火把炙燒，又燙又痛，但這種感受對他而言卻來得正是時候。

在許仲安為了守護一名少女而慘死在歹徒手下時，他正在快活度假、縱情聲色，活該他此刻這麼難受。

他知道這樣的想法蠢得要死，但他現在正被酒精摧殘，理智早已消散大半，腦子裡就剩下這些亂七八糟的東西。

反正此刻的他也不需要清醒，他只要發洩。

等他醉一趟、哭一場、睡一夜後，準備讓所有辜負許仲安的人都付出代價時，他才需要清醒。

「要吐給我去廁所。」王秉華也不起身去扶路浚衡，只是看著他搖搖晃晃的背影繼續悠閒喝酒。

路浚衡起身走了幾步，忽地笑道：「決定了，下本書就寫個警探主角……我要叫他『東光』，一個像霍警官一樣優秀的城市英雄——」

他會照亮那些罪犯醜惡又骯髒的嘴臉，讓他們在正義曝曬下而絕望而死。

總要有人付出代價。

Chapter 9 我也默默關注你好幾年了

霍啟晨站在玉樹街27B門前，有點恍若隔世的感覺，愣了幾秒才發現有人在輕推他的肩膀。

「看來你對這裡有印象？算起來也是快四年前的事了呢。」路浚衡笑笑地說道，那輕鬆的神態好像此刻被封鎖線圍住、證物組人員在其中來來去去蒐證、十分鐘前才遭到一夥瘋狂粉絲硬闖的屋子不是他家一樣。

霍啟晨不敢說這些年來經手的案子，自己都還能回想起來，但曾經發生在這裡的凶案算是他職業生涯中一個重要的轉捩點，印象當然特別深。

正因為這起案子，他才成了第一分局當之無愧的「討厭鬼」。

他在同事間不受待見固然有性格因素的影響，但最主要的因由還是他做的事讓大部分的警探將他視作「外人」，甚至是「仇人」。

當年他堅持把案子查到底的結果是，他找出了真相，卻也把好幾名還用舊時代方式過活的老警探拉下水，讓他們以最狠狽的方式被踢出市警局，從人人敬重的人民保母成了人人喊打的過街老鼠。

因瀆職被開除屬於下場比較慘的那類，還有一些人受到內部調查後，雖然勉強保住工作，但多年累積的退休金和獎金福利等等全被剝奪，在他們看來這無異於自己為政府白做了幾十年的工，可悲程度或許不輸被革職的同事。

雖然只是幾年前的事罷了，但那時的范西市警局和現在確實有很大的差別，有很多老前輩經歷過「警察就是帶著警徽的黑道」這樣的時期，做事便自成一套規矩，甚至有自己的小團體，辦案時把小團體的利益擺在被害人之前是很正常的事。

在這樣的氛圍下，發生冤案的機率可想而知。

霍啟晨的到來讓這些不肯乖乖配合變革的老油條走得走、散得散，就算這些年下來王秉華已經把第一分局裡的害蟲除得差不多，剩下的人仍然覺得霍啟晨的存在就是個威脅，所以永遠不可能把他當作自己人來看待。

總之，從那時候起，霍啟晨的功績越來越多、職位越升越快，更是一下子就攀到了副組長的位置，就算凶案組裡可能根本沒人願意聽他號令，但他的職等擺在那裡，就讓那些看他不順眼的人加倍難受。

這傢伙甚至還不會拍上司馬屁，結果還不是拚命升官！還有同事會私下這樣嘲弄，表面上承認霍啟晨的能力，但心裡從來沒把他當一回事。

一個為內部調查部當走狗的人，不配稱為自己人！

但對霍啟晨來說，為被害人追尋公平正義始終是最重要的事，沒有這個覺悟就不該當警察，所以他究竟是真的學不會跟同事的相處之道，或潛意識中總有著自己不該和這些人同流合汙的想法而抗拒交流，就頗為耐人尋味了。

此刻再度回到玉樹街，霍啟晨先是被大量的回憶淹沒，隨後才觀察起整棟公寓這些年來的改變，發現最大的差別，應該就是那台早該退休的貨梯被換成了相當精美又新穎的客梯，樓梯間、走廊等公共區有重新粉刷的痕跡，其餘的部分倒是還保持著原先的模樣，看起來依舊是一棟給人些許破敗感的老公寓。

一個百萬暢銷作家，居然住在這種地方嗎？還以為會是更高檔、更奢華的房子……

「嗯？所以你知道這裡發生過什麼事？」霍啟晨這才反應過來，詫異於路浚衡的問句，因為那無疑說明，對方不只知道這裡是凶宅，甚至還知道那起命案是自己偵辦的。

「是啊，許老師是我這一生中最重要的恩人哦。」

路浚衡嘆了口氣，顯然在腦中追憶著與故人的相處時光，好半晌才笑著續道：「如果沒有他鼓勵我創作，我絕對不可能成為一名小說家，所以他也是我家讀者們的恩人啊哈哈！沒這臭老頭，就沒有我寫的那些暢銷小說囉！」

霍啟晨沒料到那位死前還在努力幫助學生的老師，跟路浚衡居然是這樣的關係，不由得說道：「節哀。」

雖然晚了幾年，但還是說一聲吧。

「哎呀，不用把氣氛搞得這麼凝重啦！老頭雖然走得不太安詳，但不是有你替他伸冤了嗎？這樣就夠了！」

路浚衡絲毫沒提當年他是怎麼報復那些枉為人師的教職員，讓新欣中學果真在一個假期結束後脫胎換骨，人員構成簡直跟一所新學校沒兩樣，甚至把一切前因後果全公布出來，許多人就此身敗名裂。

但對那時正在氣頭上的路浚衡來說，忍著沒動私刑是他的極限了，在這前提下，他要讓害死許仲安的「共犯們」生不如死。

把那些激進與狠戾都隱藏起來，路浚衡前一秒還在豪氣大笑，下一秒卻是忽地搭住霍啟晨的肩，湊到他耳邊低聲道：「謝謝你。這個道謝我等很多年了，才有機會當面和你說。」

霍啟晨只覺得耳根有些發燙，不曉得自己該不該掙脫對方的臂膀，更不敢側過臉去看路浚衡，只能低著頭訥訥地問道：「……很多年？」

「對啊，這祕密憋了這麼久，我總算可以坦承啦！」路浚衡低笑幾聲，又朝霍啟晨湊得更近，後者能感覺他呼出的氣息就吹在脖子上，身子忍不住微微顫抖。

「早在你破了我家老頭這案子時，我就是你的『粉絲』了。我已經默默關注你好幾年啦，只是老王那傢伙一直說，他希望你能不被干擾，始終專注在工作上，所以從不讓你拋頭露面，也不讓你接觸查案以外的事，當然也不讓我見你，說我會給你帶來不好的影響……

「唉，想到就氣！你家局長防我跟防賊一樣，搞得像是我會把你偷走似的！這次我可是費了好大的勁，才說服他讓我當這個顧問的，你無法想像他點頭答應的時候我有多高興。

「總之，我只是想說，我很榮幸和我的偶像成為搭檔，儘管只是臨時的……」

霍啟晨聽到半途就有些走神，因為他忽然想起幾天前在發布會的訪談環節上，某位大作家被爆料了一件事，就是他撰寫《西城警事》系列作時，男主角「東光警探」其實是有個現實人物作為靈感來源的。

當時的路浚衡是怎麼說的？

——那可是我心目中的第一「男神」，一位非常帥氣又厲害的王牌警探！

難道、難道……

霍啟晨猛地打了個激靈，無法辨明的紛亂情緒就像被扔進了滾筒洗衣機裡，在他腦子裡不停攪動旋轉，讓他頓時感到一陣頭重腳輕。

不能再想下去了！霍啟晨躲開搭在肩膀上的手，快步走進27B被暴力破開的大門，頭也不回地說道：「你快點確認有沒有物品丟失，我叫證物組列清單給你。」

路浚衡看著霍啟晨燒紅的後頸與耳根，忍不住舔了舔乾澀的唇瓣，心中浮現一些不合時宜的念頭，但身處在人來人往的案發現場，多少讓他躁動的心緒冷靜下來，沒當場做出什麼出格的舉動。

「我剛剛看過了，就是壞了個門鎖、摔了些擺在玄關的裝飾，我家裡一樣東西也沒少。他們闖進來又不是為了偷東西的，怎麼可能有物品丟失啊？」

路浚衡不顧霍啟晨的抗拒，硬是勾著他往屋裡走去，無視那些蒐證人員臉上莫名其妙的神色，語帶興奮地開始介紹起他的「小窩」。

「老頭走了之後，我就把這棟公寓直接買下來，然後自己搬進來住了。你知道我本來就是范西人，只是在外地住了很長一段時間嗎？嗯，就是因為這件事，我才乾脆搬回來我的『故鄉』。當初做這個決定，最快樂的就是京哥，因為他從此以後就可以直接上門盯著我寫稿，我想逃都逃不了！

「對了，本來的房型確實比較小，所以我乾脆把A、B兩戶直接打通。你看，這樣的格局是不是舒服開闊多了？我還加裝了超讚的隔音，所以在屋裡開派對也沒問題，不用擔心吵到鄰居！噢對，下面幾層的住戶其實都是我的租客，不過他們不曉得我就是房東，平時都是仲介在幫我處理這些事的。

「我跟你說啊，別看這公寓外表有點破破醜醜的，大部分的內部設施我都花錢整修過了，住起來還是很舒服的！我之前還想邀你來我家作客的說，結果就先發生這種事，真是有夠掃興……」

霍啟晨被路浚衡拖進書房，映入眼簾的擺設不禁讓他又回到四年前那個上午，想起在走進許仲安那個寢室與書房二合一的房間時，感受到的驚詫與悸動。

路浚衡把他對許仲安的懷念都傾注在這個房間裡，擺設幾乎沒有任何更動，只是把角落的單人床換成了舒適的懶人椅，完全可以想像在那裡癱上一個下午，沉浸在一本好書裡的情境有多美妙。

當然，正對著書桌的櫃子也有些變化，書架上收藏的書更多了，正好就多了那套《西城警事》系列，擺在最顯眼的正中央，甚至還學書店陳列商品的方式，將書轉至封面，然後一字排開，顯得特別有氣勢。

霍啟驀地晨想到，《西城警事：慾望殺機》這本該系列作的首集，上市日正好是許仲安亡故一年的時候……

事情真的是我想的那樣嗎？霍啟晨緊抿著唇瓣，好制住因激動而顫抖的唇角，眼角餘光偷偷瞥向還在賣力引導他參觀自宅的路浚衡，緊張得心跳加速。

好想問他藏在創作靈感背後的實情，究竟是不是如自己所猜想的那般驚人，但又恥於承認自己其實也懷揣著祕密——

我也默默關注你好幾年了，你也是我的偶像。

於是，善於自欺欺人的某警官選擇忽略這股衝動，再度切換回工作模式。

「因為陳允武本來就已經是凶案嫌疑人，他帶頭闖進你家的行為可能也跟凶案有牽扯，既然你說你屋子裡沒出什麼其他的問題，那我們還是盡快回局裡進行審訊吧。」

「欸？這就要走了嗎？等等我啊……」

路浚衡眼見霍啟晨自顧自地轉身走人，只能快步追上，但嘴裡仍舊鍥而不捨地提出邀約，「所以你之後要來我家坐坐嗎？你如果怕一個人來有點尷尬或是會感到無聊，我可以再多找幾個人給你作伴，例如……羅姊？你跟她很好對吧？還有誰跟你交情不錯的，都可以一起過來，你看我家這麼大！」

霍啟晨聞言頓時氣惱不已，一方面是想到自己根本就沒有熟到願意同行的朋友存在，備感羞恥；另一方面是看到路浚衡又開始散發著出門郊遊的歡樂氣息，顯得毫不在乎整起案件，心底的怒火就不斷往上竄。

「夠了，這種時候還聊什麼作不作客的事啊！而且你家已經變成案發現場了，就算闖空門的犯人都已經被逮捕，還有確鑿的證據可以馬上起訴他們，之後還是要好幾天的時間跑流程才能徹底結案，這期間你家都是封鎖狀態好嗎！」

路浚衡被霍啟晨吼得一愣，隨後面有難色地道：「對噢，我都忘了封鎖的事……那這樣一來，我這段時間要住哪裡啊？」

問我幹麼！我怎麼知道你要住哪！霍啟晨用暴躁的眼神傳遞這段反詰，但路浚衡像是沒感受到他的視線，注意力早已跳到別件事情上。

「等等你審陳允武那幾個人的時候，我真的不能進偵訊室旁觀嗎？」某顧問提出了會瞬間灌滿搭檔怒氣值的荒唐要求。

雖然隔著一片玻璃也是可以欣賞偶像審問犯人的英姿，但某顧問還是希望這段間隔距離越小越好，最好是小到他拉張椅子直接坐在某警官旁邊觀摩的程度。

「……當然不能！」某警官在電梯門關起時大聲咆哮道。

◆

把吵著想進偵訊室的路浚衡趕到隔壁的觀察室，正在氣頭上的霍啟晨將怒火發洩在無辜的門板上，「砰」一聲狠狠摔上門，也把雙手被銬在桌上的陳允武嚇得從椅子上跳起身，一臉慌張地看著年輕但表情凶惡的警探朝他一步步走來。

「我、我、我認罪！」

霍啟晨腳步一頓，但還是板著臉拉開椅子坐下，一言不發地伸出雙指朝陳允武一揮，又指指他身下的椅子，霸道得彷彿是在指揮家裡的寵物狗做才藝表演，讓後者又驚又怒，卻又只能乖乖聽令，抖著身子坐回原位。

「不就是砸了一扇門嗎？我賠錢就是了嘛，居然把人抓進警局，而且還上銬！你們是不是太誇張——」

「閉嘴。」

看著眉宇間盡顯殺氣的警探，陳允武的氣勢越來越弱，最後縮著脖子閉上嘴，不敢再和霍啟晨對視，低頭玩起自己的手指。

桌子對面的霍啟晨像是一點也不著急，開始一頁一頁慢慢翻動手上的卷宗，原本外顯的怒氣似乎正在漸漸收斂，但在密閉的偵訊室中，連單純的沉默都會變得特別令人難以忍受，陳允武在不知不覺間就留了一腦門子的冷汗。

「我……我要律師！你們得得得給我找個律律律師！在律師來之前，我我我是不會承認任何罪罪罪刑的！」緊張到結巴的陳允武忍不住提高嗓音加強自身氣勢，語尾卻飄得像在唱歌一樣，聽起來反而有點搞笑。

霍啟晨繼續讀著卷宗，也沒抬頭，就是淡淡應道：「律師正在找。不過，你剛剛已經認罪了。」

「咦？我……啊！」

陳允武這才反應過來自己剛剛都幹了什麼好事，靠在雙腕上的鐵鐐隨著身體顫動，在鐵桌上敲出「喀喀喀」的聲響。

霍啟晨終於放下手上的資料夾，身子微微後傾，雙手交疊在小腹上，姿態有些輕鬆隨意，淡淡地開口說道：「我聽說你認為自己才華洋溢，是路老師『竊走』了你的成名機會，所以稍早前帶人闖入他家……算是一種報復行為嗎？」

陳允武聞言立刻裝傻道：「報復？什麼報復？我不是說了嘛，我們這是擔心路老師的安危啊！有人照著他寫的書殺人，多可怕的事啊！萬一凶手盯上作者本人怎麼辦？當然是要帶他去更安全的地方躲起來了。」

在偵訊陳允武前，霍啟晨其實就先大致瞭解過其他共犯的狀況，那三女一男的態度很坦然，表示自己不是要闖空門，而是想找到他們的偶像，然後親自保護他的安危。

沒錯，他們身上是背負著「任務」的，目的是將可能被凶手盯上的路浚衡帶到更安全的地點藏匿，等警方抓到模仿案的真凶、解除一切危機後，就會放人回家了。

這四人全是路浚衡特意提過，被出版社列為問題人士的瘋狂粉絲，會做出這麼離譜的事情也算在意料之內，但霍啟晨還是在心中感嘆這年頭的追星族越來越不理智，怎麼幹得出如此荒謬的事，還覺得自己沒有做錯？

還是他該把這群人轉送醫院精神科才對？這顯然不是正常人會有的思維邏輯與行為啊！

好在自己也辦了不少年的案子，碰上腦子有點問題的犯人已是司空見慣，霍啟晨沒對這些人的舉止大驚小怪，按照流程安排警員給那幾個人做好筆錄後，自己便來親自審問這次「拯救偶像大作戰」的主嫌，看看他究竟想搞什麼鬼。

那三女一男說是真心為路淩衡好，霍啟晨是信的，但陳允武就不同了，按照路淩衡給出的說詞與證物，這傢伙根本就不是他真正的粉絲，而是個時刻追蹤他、又時刻敵視他的「黑粉」才對。

「姑且算你說的是真的，你只是在擔心路老師的安危好了，那凶案發生前的事又該怎麼解釋？難道你有預知能力，知道發佈活動現場會出現死人，所以特地潛入場地，打算就近保護路老師？」

不等陳允武繼續裝傻充愣，霍啟晨搶先說道：「我問過你妹妹陳允文，她已經坦承她替你騙了一張通行證，讓你可以偷偷進入活動會場。你到底有沒有出現在那裡，我看個監視錄影帶就能確認的事，別想蒙混過去。」

陳允武又一次神情慌亂，在霍啟晨冰冷的瞪視下支支吾吾地承認：「我、我……好啦，我確實去了發佈會，但我只是想找他的編輯談談！我想把我的稿子給他看，讓他知道我更優秀，就會替我出書了！」

「他看過了，然後說你的寫作水準不及格。」

「你胡扯！」

「所以你是因此挾怨報復路老師，才故意闖入他家的對吧？」

「就跟你說了不是報復！我們是想保護他的安全——」

「那種事交給警察來做就好，你們為什麼不報警，非要自己來？你覺得你們人多就鬥得過一個殺人犯是嗎？一個把人溺死在馬桶裡、從容布置現場、再大搖大擺從會館門口走出去的殺人犯，你憑什麼覺得你能在這種人手下保護好路老師？憑你一個年近四十卻不事生產、整天妄想成為暢銷作家卻連書都寫不好的家裡蹲嗎？」

「你閉嘴！閉嘴閉嘴閉嘴！路浚衡剛在網路上發文時，還是我替他看稿的、教他怎麼寫才有更多人願意看，是我成就了他！結果這不知感恩的混帳做了什麼？他偷走了我的未來！該被出版的作品是我寫的書，不是他那種毫無深度、只會討好讀者的廁所讀物！」

單向窗上倒映著陳允武猙獰的面孔，而他不知道的是，這面窗後站著的就是他正在厲聲指控的人。

觀察室是個窄小又黑暗的空間，甚至多擺張椅子給路浚衡都有點困難，不過他也無所謂，就是斜倚著身後的牆壁，不時在手中的筆記本上寫寫畫畫，臉上盡是饒富興味的表情。

在霍啟晨踏入偵訊室的那一刻，他清楚感覺這名男人的氣質與神態變了，旁人再也無法從他身上看到任何一絲遲疑或畏縮，只有強大的自信與令罪犯畏懼的威壓。

他坐上那張鐵椅的樣子，彷彿王者坐上自己的王位，面對他的人只能選擇臣服。

他的言辭甚至變得犀利狠毒、一針見血，從第一句話開始就掌控了整個對談的節奏，但這些刺耳的話語又不只是為了激怒對方，字裡行間隱藏的小細節讓旁觀者明白，他早就已經開始進行偵訊，而非單純在羞辱人。

這還是那個和人聊天時會閃躲對方眼神、話題轉折生硬、被人打趣時會不知所措、做什麼都透著點尷尬的社交障礙者嗎？

不可思議。

他總算能明白，王秉華為何如此珍視霍啟晨的「純粹」。

他真的……是一名天生的警探啊。路浚衡在心中感嘆著，只覺得這一刻的霍啟晨正與自己筆下的角色逐漸重疊，彷彿看到了真正的「束光警探」出現在他眼前。

實在是，太喜歡這種感覺了。

面對口水都要噴到自己臉上的陳允武，霍啟晨一臉嫌惡地打斷對方的辯解，冷冷說道：「好了，沒人在乎你的可悲經歷，等你進了監牢，就有大把時間可以自我可憐了。」

「喂、喂！進什麼監牢！我不過是闖空門，造成了一點財物損失而已，這種事賠錢和解就可以了吧？還進監牢咧，當我是法盲嗎！你根本沒有權力扣押我——」

砰！

霍啟晨一掌拍在鐵桌上，像是終於耗盡所有耐性，聲色俱厲地罵道：「搞不清楚情況的人是你！你以為我會信你們那套『拯救偶像大作戰』的狗屁說詞嗎？闖空門？你們這是綁架未遂！更別說你還是凶殺案的頭號嫌疑人，我可以合理懷疑你其實是打算對路老師行凶，所以還是殺人未遂！」

在陳允武逐漸蒼白的臉色下，霍啟晨站起身，將案發現場的照片直接摔在桌上，指著姿勢詭譎歪曲的屍體罵道：「你就想證明自己更有才華是吧？在書上殺人算什麼，現實裡殺人才是真本事是嗎？你腦中是不是已經計畫好下一個案件了？是哪個可憐的女人要遭殃？

「還是，你想藉此搞臭《西城警事》這套書和作者，所以故意用書中的情節殺人？反正只要多死幾個人，不明就裡的群眾就會把錯怪到作者頭上，一旦他被出版業封殺，你就有機會取而代之了？想得還挺美！」

陳允武被這一連串質問轟得人都愣了，還沒找到機會反駁，就注意到那張死者屍體的

照片，雖然他是個「黑粉」，但也是最瞭解路浚衡作品的那批人之一，所以同樣被那彷彿直接從書中拓印下來的畫面狠狠震驚，隨後就是一股反胃之意猛然湧上。

「嘔……」第一次看見屍體照片，儘管不算血腥，但那幾張死者的臉部特寫還是讓陳允武看得胃液陣陣翻攪，連忙閉上雙眼，可那些畫面卻已經深深烙印在腦海中，不受控地連番浮現，讓他噁心得臉都開始發青。

霍啟晨見狀竟是變本加厲，拿起那些照片拍打陳允武的臉，嘲諷道：「這不是你的『傑作』嗎？怎麼就不敢看了？你在殺人的時候，心中想的是什麼？壓得我手好痠啊，這整天只會亂爆黑料的低級記者怎麼還不斷氣？剛死的人原來是這麼軟趴趴的嗎？我這樣要怎麼給他固定動作——」

「別說了、嘔……求求你別再說了……嘔噁……」

陳允武的雙手被鍊在鐵桌的鉤子上，根本無法抬起來摀住耳朵，只能不斷聽霍啟晨說著那些令人作嘔的話，意識到對方根本沒有停止的打算，乾脆牙一咬，脖子後仰幾度，接著朝桌面狠狠一撞——

啪！

響亮的拍擊聲迴盪在陰冷狹窄的偵訊室中，陳允武被捲起的卷宗在額頭上抽了一鞭，整個人呆愣地坐在位置上，已經忘了自己原本打算做什麼，僅有額頭上隱隱傳來辣辣燙燙的痛感，提醒他剛剛發生的事並非幻覺。

霍啟晨放下被他當作臨時武器的卷宗，沒好氣地道：「想幹麼？把自己撞出一臉血，再說是被我逼供的？抱歉，偵訊全程都有錄影，你的苦肉計不會成功的。」

回過神的陳允武欲哭無淚，想辯駁自己才沒有打算誣賴霍啟晨，他只是想一頭撞暈自己，那樣就不用繼續遭罪了。

他戰戰兢兢地抬眼看向霍啟晨，明明那張年輕的臉龐長得還算英俊，可在他眼裡卻是一副凶神惡煞的面相，讓他終於醒悟自己此刻的處境有多糟糕。

再不好好配合偵訊，對面這位警探是真的會把他當殺人凶手辦了！

「我、我承認我是想抓到路湲衡之後，逼他替我搞定出書的事，不然就不放他走……但我沒有殺人、真的沒有！這不是我幹的！」

陳允武不敢再看那些照片，只能閉著眼，雙手在桌面上胡亂比劃，不停強調自己真的不是殺人凶手，直到發覺對面的警探已經很久沒有發出任何聲音，這才悄悄睜開雙眼。

然後他就看見霍啟晨環著手坐在位置上，一臉冷漠地看著他，那眼神凍得他背脊發涼，開口說話的嗓音都參雜著哭腔，「我沒有殺人、真的沒有……」

沒想到，霍啟晨聞言竟是點點頭，淡然應道：「嗯，我相信你不是凶手。一個想綁架人，卻連目標在不在家都沒確認過的傢伙，沒能力執行如此精確的殺人計畫。」

那你剛才拚命逼問我是為了什麼啊！浪費時間很有意思嗎！陳允武慶幸自己沒攤上殺人罪的同時，又有一股遭受侮辱的羞恥感，附帶被人心靈摧殘一番後的崩潰。

霍啟晨的確早就認定陳允武不是真凶，但這不代表他就和凶案毫無瓜葛，不能輕易排除他是同謀的可能性，所以這場偵訊絕不是在浪費時間。

先前他刻意在問話時做出錯誤的細節描述，例如監視器的存在、被害人的死因等等，陳允武聽到時都沒有做出任何異常表現，顯然根本不曉得那些話裡暗藏玄機。

但陳允武依舊有可能與凶手產生牽連，只是他本人或許並不知情，所以霍啟晨接下來的問題便是：「這場綁架計畫到底是誰發起的？你其餘四個『小夥伴』都已經指證整件事是你起的頭，情況對你有多不利，你自己應該很清楚。如果不能給我一點有用的訊息，你這主嫌就當定了。」

陳允武早就被霍啟晨那一套連環拳打得沒了反抗之力，垂頭喪氣地應道：「那四個人是我聯繫找來的沒錯，但最開始提議要這麼做的人可不是我！」

「是誰？對方告訴你這個計畫的時間、地點、方式又是什麼？」

在陳允武認命配合問訊後，霍啟晨很快就得到了他想要的答案。

發佈會那天利用妹妹職務之便混入會場這件事，陳允武很肯定地表示這是他自己一人籌備已久的計畫，並未有其他人插手。

但當天沒能成功見到出版社編輯而回家上網牢騷的他，忽然收到一封匿名郵件，對方竟能明確說出他是以什麼手法、在什麼時間混進會場，甚至還附上一張偷拍照說服他，讓他相信自己這漏洞百出的計謀早就被人識破。

陳允武起初以為對方是想拿這件事做把柄要挾，但對他來說，這不過就是用了旁門左道混進一個也沒那麼重要的活動場合，根本算不上什麼大事，實在是沒有威脅人的價值。

結果他猜錯了對方的意圖，這位匿名者並未做出對他不利的事，而是告訴他，若他能闖入路浚衡家中，不管屋主在不在，只要有成功引起騷動，那他便能得到一次成名的機會。

陳允武感覺自己大概是遇上神經病了，正想回絕這個荒謬的提議，對方又發來新的照片，上面赫然是路浚衡正走出自家大門的畫面，還清楚拍到了門牌號碼，上面的住址一目了然。

這讓陳允武有些心動了，雖然不太明白對方的意圖，但他心中確實藏著一些激進的、

甚至是違法的計畫，多年來一直想給路浚衡這個不知好歹又忘恩負義的傢伙一點教訓，而這位匿名者給了他一個將妄想成真的機會。

但這種事他絕對不能自己單幹，總得找一夥願意上他這艘賊船的傻子幫忙分攤風險，然後模仿案就被爆料出來了，這個計畫頓時有了絕佳的偽裝，闖空門這樣的犯罪行為都師出有名了起來。

而匿名者像是對此早有預料，已經羅列好一份瘋狂粉絲名單，上頭全都是追星追到行為脫序的問題人士，根本不需要提供任何好處，他們就願意參與這個荒唐的「作戰計畫」。

為了保護最心愛的偶像，他們能做任何事！

陳允武當然也清楚，這位匿名者提出所有計畫卻堅持不參與、要他假扮成主事者的作法，明顯就是在利用他們，而且事情搞砸了也不會有罪責落到頭上，可以把責任甩得一乾二淨。

但那又如何？一個首尾俱全的計畫就擺在面前，執行起來也不怎麼困難的樣子，還能獲得他夢寐以求的機會，為什麼不試試看？

而且闖個民宅好像也沒那麼嚴重吧？他都網路霸凌路浚衡多少年了，對方從沒和他計較過，發生這種事頂多就是讓他賠個錢、寫個道歉公告就行了，沒什麼大不了的。

此刻的陳允武很想回到過去給天真的自己呼一巴掌，告訴他別幹傻事，否則就會進警局，還會被可怕的警探關在偵訊室裡折磨，並威脅說要以殺人罪逮捕他！

「我……我知道的已經全部告訴你了，能放我走了吧？我真的知道錯了！路……路老師在哪裡？我現在就去跟他道歉，然後他家裡有什麼東西被弄壞的，我都賠！擅闖民宅算什麼程度的罪？我應該不用被關吧？應該不用吧！」

霍啟晨神情悲憫地看著惶惶不安的陳允武，一邊收拾桌面、一邊悠悠應道：「我建議你在律師來之前，都別再說話會比較好。」

「……我的律師！在哪裡！你說過會幫我找的，到底找到了沒！啊啊啊啊！你剛剛對我逼供！這不合法！」

霍啟晨懶得再理這個跳樑小丑，起身抓著卷宗離開偵訊室，但才一開房門，就看見路浚衡正一臉興奮地望著他，讓他下意識開口——

「『那個匿名者就是凶手。』」

異口同聲的兩人都是一愣，先反應過來的是路浚衡，笑迷迷地說道：「哎呀，真不愧是搭檔，想得都是一樣的！」

按常理判斷都會得出這個結論吧？別說得好像兩人心有靈犀似的……

霍啟晨最終還是選擇忍住反駁路浚衡的衝動，只是無奈又疲憊地嘆了口氣，然後毫不留情地將身後正在大喊「路浚衡！你居然在這裡！」的陳允武用門板隔絕，讓對方繼續在小小黑黑的偵訊室裡懷疑人生。

從昨晚的新聞爆料，再到偶像經紀人造成的公關之亂，最後是一群瘋狂粉絲被人惡意操縱、私闖民宅，霍啟晨有種詭異的感受，總覺得自己手上辦的不是一起命案，而是什麼罪案組合包，什麼類型的罪犯都要來一點，還搭配種種突發狀況，簡直不要太豐盛。

他只有一個人，沒辦法同時處理這麼多麻煩好嗎！

不對，好像也不是一個人……

想到此處，霍啟晨轉頭看著他的臨時搭檔，就見對方又在做他思考時的習慣動作，指尖輕點著薄唇，鼻子裡發出帶著狐疑的低吟。

「怎麼了？你還發現什麼問題嗎？」見對方這副認真思索的模樣，霍啟晨忍不住問道。

路浚衡偏著頭，一邊思索一邊應道：「我只是在想啊，如果我今天沒心血來潮，早起出門來見我親愛的搭檔，陳允武他們的計畫是會成功的。要是沒當這個第一分局特聘顧問，我這時間肯定還在家睡大覺，或是被京哥一通電話挖起來哭著寫稿，反正不管怎樣都不會出門。

「所以，這個匿名者幫他們做了個猴子都能懂的超簡單計畫，卻沒提醒他們動手前好歹確認一下我在不在家……這到底是他忘了、還是故意的、還是他直接認定我絕對會在家所以不用管動手時機？」

路浚衡提出的疑問確實引人深思，但不等霍啟晨開始分析推理，他又跳過這話題，並露出令後者促不安的燦爛笑容。

「現在最大的問題其實是，這凶手都直接跟蹤到我家門口偷拍了，我接下來應該要住在哪裡，才能保證擁有最大的人身安全呢？霍警官，你身為人民保母、第一分局的王牌警探，是不是該好好保護我的安危呀？」

「呃……好像是這麼說沒錯……」霍啟晨忽然有股不好的預感。

然後他就聽路浚衡笑著開口。

「那就收留無家可歸的我吧，親愛的搭檔！」

Chapter 10 我就不該崇拜這個混蛋東西！

霍啟晨領著路浚衡走上樓時，腦子還有點轉不過來，依舊停留在自己怎麼就從人民保母變成了真保母的困惑中。

不只上班要帶著搭檔工作，現在連下班都得帶著搭檔回家……

事情怎麼會變成這樣啊！

相較於一臉糾結的霍啟晨，路浚衡卻是滿面紅光，提著他的臨時行囊蹦蹦跳跳地跟在後頭，興奮得像個第一次要去朋友家過夜的孩子，已經在腦中構思好無數個玩耍到通霄的計畫了。

早上路浚衡說要霍啟晨收留他時，後者以為對方不過是在開玩笑，白了他一眼就把這件事忘了，直到傍晚準備下班回家稍作休息，看著已經提著行李站在車子旁等他的人，他才驚覺對方是認真的。

「你看，我現在連家都回不了了，去住飯店又不知道會不會有危險，萬一凶手真的盯上我、想對我動手怎麼辦？我一個手無縛雞之力的小說家肯定一下子就被幹掉，然後你就再也看不到我這個帥氣又貼心的小搭檔了！」

路浚衡說得可憐兮兮的，一旁還有個王秉華幫腔，說霍啟晨如果不打算收留這位臨時顧問，那人手緊迫、無法派人時時保護他的警局只能安排他住拘留室，四捨五入就是送他吃免錢牢飯，說得路浚衡一把鼻涕一把眼淚，就差沒跪下來求霍啟晨帶他回家。

結果霍啟晨就這麼稀哩糊塗地把人帶回住處了。

「我是不是太累了……」霍啟晨扶額自問，懷疑自己可能是連著工作超過二十四小時，人已經有點失智，才會應下這麼莫名其妙的要求。

路浚衡聽到霍啟晨的嗓音，卻沒聽清楚內容，便邁大步伐與對方並肩而行，笑道：「你怎麼很緊張的樣子？難道你在家裡藏了什麼見不得人的東西嗎？還是你家很髒亂，怕我看了會嚇到？放心吧，我這人接受度挺好的，而且你看起來也不像是生活習慣差的人——」

「我的生活習慣很正常！」

霍啟晨沒好氣地反駁，但說完的下一秒忽然反應過來，他家的確有個見不得人的東西——至少是見不得路浚衡沒錯！

他瞬間想衝進家門把那些東西「處理」掉，但理智告訴他時間上根本來不及，況且就算時間上來得及，他這種行為也是欲蓋彌彰，反而會讓路浚衡更想知道他到底在隱瞞什麼。

對，假裝什麼事都沒有，就不會露出破綻。霍啟晨掏出家門鑰匙時，不斷在心中如此催眠自己，然後一臉淡定地推開屋門，對著身後的路浚衡做出邀請入內的手勢。

「我家不大，將就點吧，反正只是臨時的住處。」霍啟晨從鞋櫃裡抽出一雙拖鞋遞給路浚衡，隨即轉身走向屋內，壓根就沒打算向客人好好介紹住所，一副讓對方自己看著辦的態度，招待客人的技巧值基本為零。

和路浚衡那個低調中帶著奢華的寬敞住處相比，霍啟晨住的地方確實不算大，但對獨居者來說，這樣的空間倒是很夠用了。

這裡是一棟半公營的酒店式公寓，由於針對公職人員有租金優惠，住客幾乎都是公務員及其眷屬，在大廳或走廊上看見同事的機率還不小，有點類學生宿舍，但又比那種環境更為舒適且隱私。

霍啟晨從警校一畢業就在這裡落腳，住了將近五年也沒有挪窩的意思，顯然很滿意這裡的居住條件。

無獨有偶，因為左鄰右舍的工作性質，加上整棟公寓有完整的物業與保全系統，對眼下可能有人身安危問題的路浚衡而言，暫住這裡確實安全多了。

而正如霍啟晨自己所言，就算只有一個人居住，他還是將家中的一切維持得相當整潔，而且裝潢竟是與他那種孤冷氣質大相逕庭的鄉村風，地上鋪著色澤溫潤的深色陶磚，搭配原木仿舊的家具，以及顏色亮麗的家飾與織品，東西多而不雜，四處充滿令人舒心的溫馨感。

路浚衡站在門口欣賞良久，最後忍不住吐槽道：「有這麼舒服又漂亮的家，你怎麼捨得在警局過夜啊？」

正默默走去將書房門關上的霍啟晨聽到問句，還認真思考了一下才回道：「因為回到家就不想工作，所以把事做完了再回家。」

以他的工作性質來說，很難有事情通通做完的一天，但人又不是鐵打的，總是需要休息，所以把比較急迫的事務處理好，回到舒服的家中好好休息一晚，隔天再帶著滿滿的朝氣繼續打擊這座城市的罪犯，便是他這位王牌警探的日常。

儘管不少人都形容他是個工作狂，但霍啟晨認為自己在工作之餘還是會享受生活的，只是享受的時間比較短而已。

就像他不管有多忙，還是能抽出時間看最喜歡的小說，偶爾關注一下最喜歡的作者有沒有新書或行銷活動，然後努力在滿到爆炸的排班裡擠出時間追星。

唰唰唰……

霍啟晨一抬眼就看見路浚衡又掏出筆記本振筆疾書，不禁語帶緊張地問道：「你又在寫什麼？」

上班時間做田野調查還不夠，連下了班的警探都在做什麼也要記錄下來嗎？能不能尊重一下他的隱私啊！

尤其在得知某作家目前最暢銷的作品，極可能就是拿自己當靈感來創造書中角色，某警探只能說自己有一點榮幸但更多的是惶恐——

路浚衡到底從他身上看出什麼特質，才能寫出束光警探這樣的角色？根本找不到相似之處吧？

他到底都對自己產生了什麼誤會啊！

「嘿嘿，突然有點想法，感覺可以用在新書的劇情裡，就趕緊記錄下來，免得要寫的時候忘了。」

給硬派的束光警探加個喜歡鄉村風裝飾的屬性，這種「反差萌」或許會帶來意想不到的效果？

路浚衡只覺得腦子裡各種想法奔騰而過，每個新的創意都想放進新書裡，但這麼做多半是會被編輯無情地刪光光，所以暫且只能放在自己腦子裡妄想一下，等冷靜點再來判斷哪些創意值得採用。

不過「反差萌」這一點是確定要安排進去了，不管編輯同不同意，他都要寫！

霍啟晨見路浚衡不打算正面回應，也只能放棄探尋，指著客廳沙發說道：「我家沒客房，也沒有多餘的床墊，你只能睡沙發了。」

「啊，睡沙發沒問題，其實打地鋪也是可以的，我沒那麼嬌貴哈哈。」路浚衡一屁股坐進椅墊鬆軟的沙發裡，掂了幾下後忽地發現正對自己的牆面有點空，隨即開口問道：「咦？你家居然沒電視的嗎？」

那面正對著沙發的牆用紅磚砌出一個壁爐的造型，而中間的空缺處理應是設計來放置電視的，但此時卻是被一排仿爐火的裝飾燈取代，微微閃爍紅光的樣子還頗有情調。

「我不怎麼看電視，就乾脆不裝了。」霍啟晨也不曉得路浚衡問這幹麼，但還是耐著性子解釋，結果下一秒就聽對方拋出別有居心的問句。

「那你平時的休閒娛樂是什麼？你喜歡看書嗎？」

霍啟晨心中一緊，嘴上有些敷衍地應道：「偶爾會看書……」

「哦？那你看過我寫的書嗎？」

圖窮匕見！

此刻的霍啟晨竟有一種自己又來到了偵訊室的錯覺，只是這一回他成了被審訊的人，在路浚衡的誘導下逐漸淪陷，被迫說出自己不願意坦誠的真相——

但現在是在他家，他才是這裡的主人，不需要被客人牽著鼻子走！

「浴室在主臥裡，你要盥洗就趁早，因為我打算早點休息。」霍啟晨直接無視路浚衡的問句，轉身又打開書房的門，乾脆把自己關進房間裡，用行動表達自己拒絕交流的覺悟。

還坐在沙發上的路浚衡驀地抬手摀住臉，被手掌蓋著的嘴角正在瘋狂上揚。

「我的天啊，真是太可愛了……」

◆

「我的天啊，真是太尷尬了……」

霍啟晨關上房門，雙手一次次捋過髮絲，好似想藉此平撫自己焦躁不安的心緒，只可惜成效不彰，因為他一抬眼就能看見書房裡最顯眼的那個「追星專區」，腦海裡頓時又被各種與路浚衡相關的事情填滿。

他知道了，他肯定知道了！

霍啟晨也想不透自己是從哪裡露餡的，但從剛才路浚衡的問話和神情來看，對方顯然已經猜到自己看過他的書。

「這有影響嗎？沒有吧？應該沒有……」霍啟晨又進入那個自我逃避的環節，把不想處理的情緒壓抑住，騙自己只要壓久了它們就會通通消失。

他知道這是個壞習慣，但他就是戒不掉。

反正又沒有人會在乎他的感受，他想這麼多幹什麼？

他拉開椅子緩緩坐下，靜靜地看著那片占滿牆壁的書架，最顯眼的中央位置就陳列著路浚衡所有著作，一旁貼著幾張親簽海報，特意加裝的壓克力隔板上還放著幾尊角色立牌，論收藏的齊全程度在眾多書迷中絕對名列前茅。

更別提櫃子裡的每一本書都有路浚衡的簽名，全是他不辭辛勞、排除萬難參加簽書會後的豐碩戰果，如果翻開它們，還能看到被拿來當成書籤用的號碼牌票根。

每一本都是。

我怎麼就這麼喜歡他……的書啊？霍啟晨心中莫名浮現這個大哉問，然後多年追書的點點滴滴便流過腦海，又讓他想起了最初看到路浚衡的故事時，內心所獲得的強烈悸動。

路浚衡的故事總是充滿濃重的幻想色彩，哪怕是講求邏輯的刑偵故事，他也能寫出一絲奇幻感，對霍啟晨來說，這樣的文字總能瞬間將他帶離現實，然後就能忘卻那些壓得他喘不過氣的事物與情緒，封閉的內心也能在虛構的世界中獲得一絲解放。

更重要的是，路浚衡筆下幾乎都是英雄類型的主角，他們自信、強大、不畏艱辛、在逆境中屢屢突破成長，看得人心緒澎湃，又無比嚮往。

如果可以，真想成為這樣的人。這是霍啟晨當年第一次看到路浚衡的故事時，充斥在他腦中的想法。

念及此處，他轉過椅子面向書桌，打開桌上的電腦，螢幕迅速亮起的同時，被他釘選在桌面的電子便條貼也自動跳出。

黃底的便條貼上覆著一張截圖，擷取的內容是一則論壇留言版的對話記錄。

路浚衡：

我的老師曾告訴我：專注做好自己擅長的事，你的堅持與努力，會替你帶來很好的回報。

我相信你能辦到！不要怕，放膽去追尋你的目標吧！

那一年，他十七歲，正面臨高中畢業後是要上普通大學、或是考取警察學院的重大抉擇。

他很想成為警察，替人伸張正義，卻又缺乏果敢一試的勇氣，更隨著時間遷移越發懷疑自己的夢想是不是過於虛幻，自己根本不適合走這條路。

正好當天看完最新的章節更新，他留言時無意間透露了自己的煩惱，結果還被路浚衡注意到，親自回了一段為他加油打氣的祝福語，讓他終於有了放手一搏的勇氣。

似乎從那一刻起，霍啟晨不只喜歡那些故事，更喜歡那個創造了故事的人。

那是一種很純粹的傾慕，十年前如此，十年後亦如是。

「但他不是你……吧？」霍啟晨對著那張便條貼低聲自語，忽然有種逃家的衝動，想回到警局裡繼續辦公，把自己忙得要死，就不用去想這麼複雜的問題。

他視為偶像的人，和此刻正坐在他家客廳沙發上的人，明明是同一個，卻又給他完全不一樣的感受。

他早就知道自己仰慕的只是一個片面的「形象」，而非真正的路浚衡，但他為什麼要這麼在意？又為什麼要去比較？

況且路浚衡肯定也不在乎他有什麼想法，看看對方那副被嫌棄了還是自得其樂的樣子……

霍啟晨起身想去拿這幾天看到一半的書，他平時應付煩躁情緒的最佳良方，就是躲進小說世界裡「耍自閉」，讓虛構的人物與情節幫他抽離令人喘不過氣的現實壓力，但在意識到那就是路浚衡寫的故事後，伸出的手頓時停在半空中。

「嘖，好煩……」

霍啟晨倒回椅背上，抬手抹了抹臉，然後一股強烈的倦意便席捲而來，讓他累得動也不想動，就這樣掩著雙眼，在椅子上沉沉睡去……

咚！

霍啟晨猛地睜眼，感覺自己好像才剛睡過去，但眼角餘光瞥到電腦螢幕上的電子時鐘，才發現已經將近晚上九點，他就這麼坐在椅子上睡了兩個多小時，難怪感覺脖子和腰都在隱隱作痛。

讓他驚醒的是門板撞在牆上的聲響，在睡意稍微消散後，他才注意到站在門口的路浚衡正一臉吃驚地看著他。

路浚衡發誓，自己真的不是刻意探人隱私，只是洗了趟澡又看了一下稿子後，發現一回家就跑去書房關禁閉的霍啟晨都沒什麼動靜，恰巧晚上在警局員工餐廳胡亂吃下的飯糰早就消化完了，正有點餓，就想問問屋主能不能借用廚房，或是乾脆一起點個外賣來吃也行，便興沖沖地敲起書房的門。

結果他敲了半天也沒人回應，心裡不免有點擔心對方是不是出了什麼事，只好悄悄打開房門想確認狀態，然後就被霍啟晨書房裡的布置狠狠震驚，都忘了控制開門的力道，直接把門板撞得發出巨響。

霍啟晨睡眼惺忪地看著路浚衡，正想問對方有什麼事，遲緩的腦袋終於恢復正常轉速，意識到自己的祕密徹底曝光——

路浚衡猶如脫韁野馬般衝進書房，指著那排櫃子激動大喊：「我猜得沒錯，你果然看過我的書，但我實在沒想到你……你不只看過，居然還是這麼死忠的書迷！等等，你該不會還有我的簽名吧？肯定有！」

「我就知道！」

眼見路浚衡已經伸手拿起一本《西城警事》，霍啟晨急得起身奪回書本，用身體擋在自己的收藏與路浚衡之間，慌慌張張地指責道：「你別亂動我的東西！」

「好好好，我不動『你的』東西……」路浚衡嘿嘿一笑，卻是持續靠近，竟是將霍啟晨逼到牆角，把人堵在貼著親簽海報的牆面上。

霍啟晨又羞又惱，但又不敢去看路浚衡的表情，只能逃避似的用書擋在兩人之間，支支吾吾地道：「你、你為什麼會……王局長告訴你的？還是羅姊？」

反正都被「看光」了，否認也沒用，不如想想是誰背叛了他！

看著此刻被自己困在臂膀間的霍啟晨，路浚衡想著這男人在罪犯面前有多霸道、可面對自己時卻這麼畏縮，這之中的落差感就讓他興奮得心跳加速，只想在挖掘出更多霍啟晨不為人知的一面。

「沒人告訴我哦，是你自己露出馬腳的。」

「……嗯？」

霍啟晨臉上的茫然無措讓路浚衡又是呼吸一滯，他低笑幾聲，用理所當然的語氣解釋道：「因為你一次也沒問過我小說劇情啊。」

這話讓霍啟晨一愣，但很快就意會過來是什麼意思。

路浚衡本來是被安排來幫忙他梳理案情的特殊顧問，存在的用意就是以小說原作者的身分，從小說劇情去剖析模仿犯的犯罪意圖與心理側寫，好協助偵辦的警探拓寬思維。

可這幾天的查案過程，霍啟晨始終沒有向路浚衡詢問這方面的問題，這位特殊顧問頓時毫無用武之地。

「後來我發現你在做死者的背景調查時，特意把他曾經寫過的報導全部列出來，連他沒發布過的棄稿，只要是找得到的記錄你都檢查過……我一看就知道，你是在確認他是不是像我書裡寫的第一名被害人，是個編造黑料汙衊別人的無良記者！

「我根本就沒提醒過你，你就主動在找現實與小說中的兩名死者有多少關聯性，這表示你絕對看過我的書，而且非常熟悉內容！尤其是今天你在偵訊室裡對陳允武說的話，你故意說死者是『只會亂爆黑料的低級記者』，就想詐他到底知不知情，這些都是你沒向我這個原作者確認過的細節，卻一個個用得非常自然。

「重點是，你居然還問他『是哪個可憐的女人要遭殃？』，所以你連書裡第二名死者是個女角這件事也非常清楚，這還不能說明你對我的書有多瞭解嗎？」

霍啟晨被路浚衡這一連串推論砸得啞口無言，腦中第一個想法竟是「原來是我背叛我自己？」，隨後才是震驚於對方藏在那副嘻皮笑臉下的細膩。

整個調查過程中，路浚衡看起來根本沒把心思放在案件上，只想從這個「顧問遊戲」裡挖掘出更多樂趣，要是再帶上個裝滿零食餅乾的隨身包，簡直就跟去參加快樂的戶外教學沒兩樣。

原來在那副毫不在乎的輕浮表象下，隱藏著善於觀察的細膩心思嗎？

又或者，他只是特別關注「霍啟晨」，而不是案子本身？

「所、所以呢？你想表達什麼？」霍啟晨的視線越過書頁邊緣，立即對上一雙充斥著炙熱的眼眸，讓他忍不住微微顫抖。

「我不是說過嗎？我關注你好多年了，你可是我的偶像啊。現在我發現我的偶像原來也對我……呵，這不是挺有意思的嗎？我們是彼此的粉絲欸！既然你欣賞我、我也欣賞你……」

路浚衡又一次逼近，兩人之間的距離只剩下三百多頁書紙，足以感受到彼此呼出的氣息。

「粉絲想跟偶像變得更『親密』一點，是人之常情吧？你說呢？」

路浚衡那雙桃花眼笑瞇起來，迷人的神情能電暈不少男男女女，可霍啟晨在他眼中看到的只有調戲與玩味，好像覺得眼前的人既然是他的「小迷弟」，他就可以對人為所欲為，而對方甚至得為此感到受寵若驚。

所以，他其實都是這麼對待他的粉絲的？利用他們的仰慕之情，產生更「親密」的關係？

八卦報紙不時刊載出來的曖昧緋聞、一夜情的謠言……這些對象難道也都是他的書迷，他是在利用這種偶像與粉絲的關係來尋歡作樂嗎？

西城警事
黑市戰爭
Black market war
西城警事

原來，玩弄別人的情感，對他來說是「人之常情」？

這一刻，霍啟晨腦中一片空白，先是濃濃的羞恥感漸漸爬上背脊，讓他的後頸與耳根一片燙熱，隨後卻是一股參雜著恐懼的怒意席捲而來，心中不停自問一句話——

我為什麼會崇拜這種混帳啊？

「滾……」

路浚衡還沒聽清霍啟晨的回應，人就被對方狠狠推開，踉蹌了幾步才沒摔倒，心中同時浮現一股不祥的預感——

糟糕，玩笑開過頭了。

「如果你覺得當你的書迷，就得接受你這樣的戲弄……我辦不到！別把我當成你的娛樂消遣，混帳！」

霍啟晨又狠狠推了路浚衡一把，直接將人攆出他的書房。

「滾！」

砰！

房門幾乎要砸在路浚衡臉上，門板捲起的風刮得他鼻尖都有點刺痛，但此時的他根本沒有閃躲的念頭，整個人被強烈的悔意與慌張充斥。

霍啟晨的怒吼還縈繞在耳邊，可在路浚衡腦中揮之不去的，卻是對方那雙眼眶泛紅的黑眸。

他的眼神裡蘊含著怒火，但更多的是害怕與不解，不明白自己崇拜多年的偶像為什麼會做出這種事。

路浚衡竟是在這時才想起，霍啟晨那「王牌警探」的強硬外表下，其實是個耿直木訥、與人交流總是緊張又尷尬的內向靈魂，面對突如其來又不合時宜的調情，肯定嚇個半死。

而且他很清楚，等那些憤怒、懼意、與不解消散後，霍啟晨對他只會剩下無盡的失望。偶像濾鏡徹底破碎，從此再也不想見到這個人，甚至對自己曾經投注的關愛感到後悔莫及，心中只剩下一個想法：我就不該崇拜這個混蛋東西！

路浚衡在房門前緩緩蹲下，咬牙忍住仰天長嘯的衝動，因為他真的很想大聲自問——

我在幹麼？

我到底在幹麼啊啊啊啊！

Chapter 11 我果然不適合擁有搭檔吧？

還未平復的心跳鼓動著耳膜，「砰、砰、砰」地在他腦海中迴響不止，霍啟晨轉身貼著門板，身子緩緩下滑，最後跌坐在地，將臉埋進曲起的雙膝之間，直到窒息感攀升到他無法忍受的程度時，才將憋在胸中的那口氣緩緩吐出。

他抬起頭，映入眼簾的又是那個擺滿小說的書櫃，本想抓起手邊的東西往前一砸，但最後還是因為不忍心讓書本損壞而作罷。

書是無辜的，還有那些早就絕版的周邊商品，壞了哪個他都會心疼得要命，砸不得。

他悻悻地放下書本，抹臉時摸到濕潤的眼角，忍不住低聲咒罵起自己的愚蠢。

難過什麼？蠢死了。

他一時半刻也不想起身，就這麼癱坐在地，忽然湧上一股強烈的委屈感，很想大聲嘶吼，卻發現自己已經太習慣將一切都壓抑住，此刻竟是忘了該如何將情緒宣洩出來。

他真的好累又好煩，但實在是沒精力用工作來轉移注意力，又沒心情看小說排解壓力，於是整個人變得更加煩躁。

簡直就是陷入了一個死循環。

他也說不清此刻在心底燃燒的怒火，到底是對著路浚衡、還是對著他自己。

他氣路浚衡的行為，因為從今往後，他只要翻開書頁就會想起今晚發生的事，然後再也無法從對方的作品中體會到曾經的悸動。

但他更氣自己的幼稚愚昧，不肯從青少年時期做的一場美夢中醒來，以為「偶像」永遠都會如自己所想像的那般完美，然後在觸及真相時又惱羞成怒，做出如此可笑的反應。

他為什麼要這麼生氣？覺得路浚衡的行為不檢點，那就好好告訴他、請他不要再這麼做不就得了？

他憑什麼訓斥對方一頓？

他甚至還氣那個該死的模仿犯，要是沒有這起案件，他就不會跟路浚衡組成臨時搭檔，也不會眼睜睜看著自己的幻想破滅。

從今以後，他拿什麼來逃避這個令他格格不入的現實世界？

正在他思緒紛亂之際，身後的門板傳來清脆的敲擊聲，瞬間讓他渾身一僵。

叩叩。

聲響停了一下，似乎是在等房裡的人回應，但霍啟晨實在不知道該怎麼面對路浚衡，又一次選擇裝聾作啞，希望對方可以放過他，別逼他現在就得做出應對。

「對不起。」

模糊的嗓音自門板後傳來，僅是簡單的三個字，沒有其餘的辯解或推託，卻能從中聽出對方的肅穆。

門後的路浚衡頓了頓，繼續說道：「明天一早我會去找老王，跟他辭掉顧問的職務，因為我的存在顯然對你沒什麼幫助，還會干擾到你工作，倒不如讓你一個人專心辦案更好。

「我知道你現在不想看見我，所以我等等收拾好就離開，你早點休息。噢，對了，我記得你好像沒吃晚飯吧？那你還是吃點東西比較好，三餐不正常挺傷胃的，你工作已經這麼辛苦了，別把身體——」

書房的門「唰」一聲打開，霍啟晨直接打斷路浚衡的話，匆匆說道：「我現在必須負責你的安危，所以、所以你不准亂跑！今晚就是在這裡過夜，有其他的安排等明天再說！」

然後，不給路浚衡反應時間，霍啟晨就閃身越過他，逕自朝大門走去，頭也不回地說道：「我去買點吃的，你……我買什麼你就吃什麼，不准挑！」

關上門前，霍啟晨終於側身看了路浚衡一眼，但很快就收回視線，再次強調道：「不准亂跑！」

「啊、好的……那你……」

霍啟晨沒聽清路浚衡的後話，像在逃命似的奪門而出，甩上門後疾步衝向樓梯間，直到踩著階梯抵達一樓時，激動的情緒才稍微平復一些。

用力吸了一口夜晚的冷空氣，霍啟晨長吁一聲，朝街上唯一還亮著燈的便利超商緩緩走去，順便也讓自己清空思緒。

等他提著一袋食物回到住處時，見路浚衡沒亂跑，坐在沙發上等他回來的樣子顯得特別乖巧，先是鬆了一口氣，這才將袋子放到客廳茶几上，一邊掏著塑膠袋一邊說道：「自己來挑。」

「我吃哪個都行，還是你自己先……」

路浚衡話到一半卻是止住了，就是愣愣地抬起頭看著站在面前的霍啟晨，一手慢慢抬起，張開的手掌懸在半空中，正好將對方的下半臉遮住。

霍啟晨被路浚衡這詭異的動作弄得一怔，還來不及開口問他又想做什麼，就見他反手一個巴掌往自己的臉上呼去——

啪！

「你幹麼！」霍啟晨連忙鬆開手上的提袋，眼疾手快地抓住路浚衡手腕，阻止他再給自己第二掌。

路浚衡是真的用力打，一張俊臉上立刻浮現掌形紅痕，在霍啟晨發出驚愕的提問時，神情認真地應道：「我欠揍……不對，我打自己有什麼意義？應該是你打我才對。來，揍我，用力一點。」

「發什麼神經啊！別鬧了！」霍啟晨被路浚衡總是不按牌理出牌的行為搞得抓狂，剛收回手，就聽對方幽幽開口。

「明明每次簽書會，最期待的就是見到你，結果當你就在我眼前的時候，我居然沒認出來？我這雙眼睛是不是廢了？」

路浚衡滿臉頹喪地倒在沙發上，不敢置信那個從他第一場失敗至極的簽書會就準時出席的口罩青年，就是眼前的霍啟晨。

他始終牢牢記著那第一個走到他面前、努力克服自己內向的個性、當面對他說「我很喜歡你的書」的靦腆讀者，看他從來不像其他人那般狂熱，卻忠誠地出席每一場活動，只為了向作者表達自己對作品的喜愛。

如此單純又美好的支持，被他用一個輕浮惡劣的玩笑給徹底毀了。

「你以後是不是再也不想來我的簽書會了？噢不，你大概連我的書都不想看了吧……」

霍啟晨也露出詫異的目光，顯然聽懂了路浚衡那沒頭沒尾的自白，不敢置信對方居然記得他。

他不過就是眾多書迷裡的其中一個，毫無特殊之處，憑什麼被自己的偶像記住？最期待……他剛剛是這麼說的嗎？霍啟晨搖搖頭，只當路浚衡是習慣性地誇大說詞，淡淡回應道：「反正你還有很多讀者，不差我一個。」

「你別這麼說啊！每個讀者對我來說都很重要，你當然也是！」

「那你幹麼做那種事！」

霍啟晨又一次怒聲質問，吼完就覺得頭有點痛，不懂自己為什麼變得如此情緒化，不禁對如此失常的自己厭煩不已，直截了當地說道：「算了，你不用跟我解釋，我不想再談這件事了，就當什麼都沒發生過——」

「我害你這麼難受，怎麼可能當作沒發生過？」

霍啟晨緊抿著顫抖的唇角，很想否認路浚衡的說詞，卻又開不了口。

原來，還有人會在乎我心裡的感受嗎？

路浚衡拉著正在努力隱忍情緒的霍啟晨在身邊坐下，但猶記著要給對方留出足夠的空間，所以也不敢靠得太近，等對方的呼吸沒那麼急促用力後，才緩緩開口。

「對不起，我不應該那樣戲弄你，我就是個混蛋，歡迎你隨時打我一頓。如果打一頓還不能消氣，就多打幾頓，打到你滿意為止……」

眼見霍啟晨的神情又有煩躁起來的跡象，路浚衡連忙續道：「但不管怎麼樣，我希望你別誤會我是那種會占讀者便宜的人。我知道我給你的印象肯定很糟，但我真的沒有騙你，也絕對不會把讀者當作我的娛樂消遣，請相信我！」

霍啟晨很想從路浚衡的眼中看到任何虛情假意的證據，但他只感受到對方的真摯與悔意，沒有分毫作假。

如果他說的都是真的……

「那我呢？你為什麼……我難道和其他讀者不一樣嗎？」霍啟晨在問這句話時，嗓音都不自覺地染上一絲委屈，聽得路浚衡更加慚愧。

他只能用更加鄭重的語氣，一字一句說道：「你……的確不一樣。《西城警事》這套書，是我獻給霍啟晨警官的謝禮，沒有霍警官，就沒有束光警探這個角色與他的故事……那是我為你寫的書，你對我來說，當然是最特殊的。」

這回終於徹底落實了心中的猜測，身為路浚衡「謬思」的霍啟晨沒有激動，反而一臉費解地說道：「你真的拿我當角色原型？可是我和束光警探根本毫無相似之處，你到底從我身上參考了什麼？」

難道他這些年看的《西城警事》系列是假的嗎？他這麼普普通通的人，怎麼會和城市英雄般的男主角有任何共通點？

職業和年齡？大概也就這兩項相同而已吧？

這下子換路浚衡面露吃驚，用同樣不解的語氣反問道：「怎麼會毫無相似之處？你是個這麼優秀的警探欸，我甚至覺得你比我寫的角色還要厲害多了！你是不是不曉得自己有多棒啊？」

霍啟晨瞬間感覺臉頰上一片燙熱，卻仍舊固執地應道：「我只是在做我份內的事，哪有什麼棒不棒的差別……」

「我決定了！」

路浚衡忽地挺直腰桿，握著拳信誓旦旦地道：「從現在開始，我要天天誇你！」

「什……什麼？」

一抹笑意再度掛上嘴角，路浚衡望著霍啟晨盈滿忐忑不安的雙眸，和聲說道：「別人把你的優異與勤奮都當成理所當然，連你自己也是，但這不合理。你值得更多的讚美與感謝。今後，我會天天稱讚你，讓你瞭解自己有多棒多特別。」

霍啟晨雙唇歙動，好半晌沒能回應這話，於是話題又是由路浚衡延續下去。

「你願意原諒我嗎？或至少，別討厭我寫的書，好不好？我希望我寫的故事還是能給你帶來美好時光的，請把我這個混帳作者摘去，別讓我影響你對閱讀的喜愛。」

路浚衡知道自己這話很強人所難，還臭不要臉，但他就是忍不住想說，因為他實在捨不得失去霍啟晨這樣可愛又純粹、對他無比忠誠的書迷。

霍啟晨良久都沒有回應這番請求，又驀地站起身，快步走進書房，在路浚衡錯愕的神情下抱著一本書走回來，最後把書和簽字筆遞到對方手上。

「新書……還沒簽過。」霍啟晨悄聲說道，那副略顯畏縮和侷促的樣子讓路浚衡無比熟悉。

於是某位大作家忍著暢快大笑的衝動，慎重地接過小書迷遞上的書與筆，翻開《西城警事：黑市戰爭》的封面，熟練地在扉頁處簽上自己的名字。

他注意到夾在裡面的識別證，腦中對發佈會那日的情境稍作聯想，臉色頓時古怪起來。

「所以你那天……不只沒拿到簽名，還被迫加班嗎？」路浚衡有些哭笑不得地問道，身旁的霍啟晨也是一臉無奈。

「對，努力排了一天休假就是去參加簽書會的，結果作者半途落跑，我還得當場接手偵辦模仿小說情節的殺人案，假期毀了，又沒拿到簽名，手上還多一宗凶案，簡直糟糕透頂。」

路浚衡將書還給霍啟晨的同時，故意壓低嗓音，悄聲說道：「為了彌補你的損失，這集《西城警事》我不會替其他人簽名的，希望這個獨一無二的簽名可以慰藉你吧！你現在可是唯一擁有親簽首刷本的人，是我的VVIP！」

霍啟晨聞言竟是感到一絲害臊，馬上又緊張地問道：「你講這種話，是不是又想捉弄我？」

「沒有！我是認真的！我要哭了，我在你眼中已經信用全無了……嗚嗚嗚、我活該……」

見路浚衡聲淚俱下、悔不當初的樣子，霍啟晨便心軟了，無奈地說道：「那你以後說話正經點。我分不清這是不是玩笑話，你總是用這樣的態度對我，很容易造成我的誤會……我就是個無趣又遲鈍的人，請不要期待我能跟上你的幽默感，我真的不行。」

「你……」路浚衡想否認霍啟晨的自嘲，但話到嘴邊又嚥了回去，因為他在對方身上看到了似曾相識的影子。

曾經，他也是這樣，一開口就是對自己的否定，眼裡只看見自己的缺點，而對優點視而不見。

他腦中驀然浮現許仲安的身影，心想如果這位總是能走進學生心裡的老師還在的話，會怎麼開解霍啟晨？

臭老頭，你為什麼沒把這個最重要的「超能力」傳授給我啊！

「我知道了，我會為了你好好改進的！從現在開始！」路浚衡拍著胸脯振聲說道，明明聽起來很認真，但過於浮誇的神情還是讓霍啟晨有一種他又在胡扯的感覺。

而且為什麼要強調是為了「我」啊？這豈不是變成我在逼迫你迎合我的性子嗎？霍啟晨感覺頭又開始痛了，早上被砸出來的瘀青可能也有加乘作用，腦門上正一抽一抽地發疼。

我果然不適合擁有搭檔吧？以後還是自己一個人做事就好，這樣就沒有誰要迎合誰的問題了！

路浚衡還不曉得自己的搭檔身分即將「到期不續約」，拆了份三明治，討好地送到霍啟晨嘴邊，勸道：「快吃點東西，血糖高了，心情就好了！」

霍啟晨沒好氣地搶過食物，自己慢慢品嘗起來，路浚衡見他的臉色逐漸和緩，這才放下心中大石，但該死的好奇心又開始蠢蠢欲動。

「我能不能問你個問題？」

「……你想問就問，反正我不一定會回答。」

霍啟晨言語間濃濃的厭世感讓路浚衡汗顏，頓了頓才小心翼翼地問道：「你從什麼時候開始看我的書啊？」

沒辦法，這個問題實在太令他在意了，不問出來真的好難受！

霍啟晨的視線又一次閃爍飄忽，垂著頭不與路浚衡對視，像在對著三明治自言自語，低聲道：「……如果我說我從小看你的書長大，聽起來是不是有點怪？」

「也還好啦，畢竟我高中就開始……等等，你該不會……」

霍啟晨的頭垂得更低了，嚅囁幾聲才應道：「《無限神座計畫》。」

「……第一部作品！你真的從我第一部作品就開始追了？我的天啊！」

聽到那個歷史遙久的作品名，路浚衡大驚失色，沒料到霍啟晨居然從他高中時在網路上連載的第一篇作品就「入坑」，老粉的資歷當之無愧。

於是他立刻追問道：「你網名是什麼？該不會也是我很熟的幾個讀者帳號吧？」

「我不常留言，你不可能記得的。」霍啟晨搖搖頭，但猶豫半晌後又悄聲說道：「我高三的時候在考慮要不要念警校，在留言板上聊到這件事的時候，是你鼓勵我去的……你幹麼！」

霍啟晨牢牢按住正拿頭撞牆的路浚衡，沒好氣地道：「你再這樣，我們就不要聊了！」

「要要要！我要聊！你繼續說，我之後再結算自己總共幹了多少混蛋事，一口氣把該撞的牆撞完……欸，我不開玩笑了，你別生氣！」

為了轉移霍啟晨注意力，路浚衡立刻說道：「那你肯定記得《獵魔人》第一場簽書會吧？就是都沒有人來，我糗得要死的那次！你知道嗎？你是我這輩子第一個來要簽名的讀者！那天你真的救了我，要是沒有你出現，我真的以為自己的書根本沒人想看！

「之後我注意到你每次簽書會都出現，真的高興得要命，還想過要直接給你個『貴賓資格』，以後什麼活動都第一時間通知你、請你出席，但我又怕太熱情會嚇跑你，一直不敢這麼做……」

霍啟晨聽得啞口無言，沒想到自己原來在路浚衡眼中如此特別，竟然連那麼多年前發生的事都記得。

「那時候……我記得也有其他人去找你簽名，不只我一個吧？」

「哎呀，那是京哥給我找的樁腳啊！他那時候就想教訓不知天高地厚的我一頓，讓我知道當出書作家不是那麼容易的事。等我被打臉夠了，跟他串通好的臭老頭才帶學弟妹來幫我撐場面的，心機超重的對吧？」

「臭老頭？噢，你是說許老師……原來我那時候就見過他了。」

「對欸？那我們幾個人之間的緣分，還真是比想像得多呢！」

兩人就這麼有一搭沒一搭地聊著，直到深夜……

◆

霍啟晨氣喘吁吁地推開書店大門，撲面而來的冷氣激得他渾身一顫，口罩下的鼻子用力皺起，忍了兩秒才成功將噴嚏給憋回去。

要不是方才那一堂偵訊技巧課程結束得晚了，他也不用趕車趕得這麼慌亂，不過學校請了第一分局的王局長當特邀講師，有如此經驗豐富的前輩蒞臨指導，他也捨不得提早離席就是了。

他抬起手腕上的錶，慶幸自己沒有錯過時間，但也沒選擇馬上衝到那人面前，而是閃身鑽到商品架後，越過層架悄悄看向書店中央特別布置出來的活動舞台。

「……咦？」霍啟晨看著冷清的舞台，頓時有些困惑，又拿出手機登上出版社網站，確認自己並未搞錯活動時間。

其實不用上網就能確認，因為活動舞台中央架設的桌子上，此刻就放了一座堆疊成螺旋狀的書塔，從書脊的寬度就能感受出這本書的重量，一旁還有豎起的告示板，上頭貼著書籍封面印製成的大海報，奇幻華美的畫風與書名讓人一看就知道這是什麼類型的小說。

《獵魔人：黃金之瞳》簽書會

新星作者 路浚衡 出道作，重磅登場！

負責舉辦簽書活動的書店將現場布置得美輪美奐，卻反而讓乏人問津的舞台看著更為淒涼，而孤零零坐在桌子後的人更是窘態畢露，在位子上緊張地四處張望，想走但又走不得的心情全寫在臉上。

躲在書櫃後的霍啟晨從自己的背包裡拿出早就買好的書，此刻卻是猶豫著到底該不該上前，總覺得眼前的畫面太過尷尬，讓人進退兩難。

他又偷看了路浚衡幾眼，在網路上追蹤這位作者也好幾年了，這卻是他第一次見到作者真容，最先冒出的念頭便是「他真的好年輕啊」。

雖然路浚衡在網路上並沒有特地隱瞞自己的年紀，讀者都知道他才二十多歲，可他這時已經創作了好幾套百萬字數的長篇小說，文筆成熟、情節縝密、風格強烈，人氣更是不輸許多老牌作者，總讓人難以想像他不過是個大學剛畢業的年輕人罷了。

在網路上創作多年，這回終於有機會以商業作者的身分正式出道，可以在各大通路上看見他的故事以實體販售，他的書迷們都很興奮，留言板上一片熱情祝福，一個個表示自己會買他個三五本，聽到有簽書會更誓言絕對會親臨支持。

結果……怎麼半個人都沒有？

舞台上，如坐針氈的路浚衡又一次環顧書店一圈，發現還是沒有人拿著他的書走過來，大部分的顧客都是一臉好奇地經過舞台，興致好點的拿起書看看背面的文案後又放回原位，同樣會選擇低下頭默默走掉。

站在架子後的吳京搖搖頭，終於上前對路浚衡低聲說道：「早告訴過你別這麼急，網路上的人氣是很容易灌水的，我們先看過第一本書的銷售情況後，再來辦這種跟讀者面對面交流的活動比較好……我也不想你體會『萬人響應、無人到場』是什麼感受，但我之前可是阻止過你的，你偏不聽，這就是不聽勸的下場！」

路浚衡被編輯訓得欲哭無淚，低下頭看著拿在手上的書，也漸漸從被喜悅沖昏頭的狀態下恢復理智。

吳京先前就警告過他，不要對讀者的熱情過度樂觀，因為很多人的支持僅止於嘴上說說，會做出實際行動的人並沒有想像中那麼多，出第一本書就急著辦活動，八成會自取其辱。

當了多年的版權經紀人，野心勃勃的創作者吳京也見過不少，但見得更多的是對自身定位沒有清晰認知、又不肯聽專業人士的勸戒、結果自尊心大受打擊後就再也無法創作的人。

當藝術的浪漫碰上商業市場的現實時，碰撞出來的火花很輕易就能將人打擊得信心全失。

路洝衡就屬於一意孤行的那類人，儘管腦中有個聲音告訴他別那麼傻，他卻還是選擇無條件相信他家書迷說的話，認為他們一定會現身支持他的第一本商業出版書，他要透過這場簽書會當面對這些長年鼓勵他寫作的人道謝。

他曾經以為自己是個一無是處的廢物，直到寫作讓他重拾信心，而在網路上認識的讀者們，於他而言甚至比真正的家人還親密，是他們的存在讓他找到了年少時期最渴求的歸屬感。

但此刻發生的事，讓路洝衡彷彿又回到那個徬徨無措的年紀，自己不管做什麼都不對，更沒有人相信他可以成功。

他伸手輕撫著書封，自己和編輯親自到印刷廠挑選的紙材有著略為粗糙的手感，若仔細觀察，還能從紙張的纖維裡看見些許亮點，粗曠之餘又帶著點神祕的奇幻感，與整本書的風格十分搭配。

他的指尖沿著打凹的書名字體慢慢滑動，在經過「路洝衡．著」那一行時，忍不住多摸了幾遍，心底湧現一股無奈之情。

這本書他傾注了很多心血，不只因為這是他第一本出版書，更因為他只想給他家讀者最好的，他希望拿到這本書的人都能從中感受到他的喜悅與感恩，結果現在卻是……

自作多情，丟臉丟大了！

「算了，沒人來我也能簽，簽完的就當公關書送人就是了，京哥你要不要拉張椅子陪我坐？來嘛來嘛，一個人站在角落多無聊是吧？」

「……陪你坐這裡幹麼？一起被人看猴戲？這種出醜的行程不需要買一送一好嗎！」吳京沒好氣地罵道，心中卻是鬆了一口氣。

在他看來，路浚衡是個相當堅強的創作者，他反而不怕這名年輕人被挫折擊敗，而是怕他太過自信而走上岔路，變成驕傲又故步自封的自大鬼，蹉跎了自己的才華。

所以這次簽書會的事情，其實就是想給路浚衡上一課，不然吳京有各種手段可以讓活動胎死腹中，根本不用讓作者面對這種令人挫敗的場面。

這之中當然也有賭的成分，不過他願意賭路浚衡能扛住打擊，並成為更優秀的職業創作者。

現在看來，他賭對了。

「請問……」

一道微弱的嗓音打斷路浚衡和吳京的抬槓，兩人轉頭就見一名戴著口罩的青年正怯生生地望著他們，懷裡還抱著一本已經拆封的《獵魔人》。

「你好！請問是要簽書嗎！」路浚衡霍地站起身，激動的舉止把青年嚇得倒退一步，撞在身後的書架上，差點把陳列的書籍都撞倒下來。

「你冷靜點，別把唯一的讀者嚇跑了好嗎？」吳京毫不留情地翻了個白眼，把路浚衡按回位子上，隨後就轉身走遠，將舞台留給真正的主角。

霍啟晨慌忙把被他碰歪的書本擺回原位，在路浚衡充滿期待的閃亮眼神下再度鼓起勇氣，抱著書慢慢走到桌檯邊。

當他看到路浚衡一臉悵然地摸著自己的書時，竟感到一絲心疼，就算對方似是馬上就恢復活力，但那一秒的失落眼神已經深深烙印在他腦海中，讓他知道自己必須做點什麼。

「我……我很喜歡你的書，希望以後能一直看到你出版新作品！」霍啟晨一口氣說完這話便將書塞到路浚衡手中，既緊張又羞窘，淺淺紅暈從口罩下蔓延出來，染紅了他的耳根與後頸。

路浚衡觀察著眼前這名靦腆的青年，一眼就看出對方是那種十分內向的性子，連忙收拾好自己過度興奮的情緒，和聲應道：「謝謝你的支持，我會一直寫下去的。」

他翻開書封，一摸書頁邊緣就曉得，這本書已經被從頭到尾翻閱過，心中的快意更盛，小心翼翼地在扉頁上簽下自己苦練許久的簽名，接著又在上面補了一句贈言。

「需要署名嗎？」

「不、不用……」

路浚衡抬起頭，正好與霍啟晨對上眼，後者隨即慌張地垂下眼簾，似乎與人對視都讓他緊張不已，更別提對方還是他崇拜欣賞的創作者，與粉絲見到偶像的情境相差無幾。

「對故事有任何想法，都可以留言跟我說哦。」路浚衡笑著將簽好的書本還給霍啟晨，雖然有股強烈的衝動想把人留下來多聊幾句，但這位讀者明顯不是喜愛與他人近距離接觸的性子，各種肯定會把對方嚇跑的交流計畫也只能作罷。

這麼可愛又支持他的讀者，必須好好呵護才行！

「我、我很喜歡這個故事，嗯……你寫的其他作品我也喜歡，但這本更特別……呃、謝謝！」

霍啟晨拿回書，努力想再多說幾句，可話一出口就像在語無倫次，最後只能抱著書轉身就跑，背影看著簡直像是落荒而逃，讓在不遠處偷偷觀察的吳京又溜回舞台，一臉不解地看著路浚衡。

SALE
特價88折
ROOM
The Witcher

「你說啥了？怎麼還把人嚇跑了？你不會把唯一的讀者得罪死了吧？」

「我才沒有得罪人！人家就是性格比較害羞而已！而且不要一直說他是『唯一』的讀者好嗎？我就不信今天沒其他人願意來了！」

路浚衡剛這麼說完，書店的門再次被推開，一道熟悉的人影映入他眼簾，並發出嘲諷力十足的大笑。

「哈哈哈，還真的沒人來，超丟臉的啦！但沒關係，你親愛的老師來救場了！唉，像我這麼可靠的男人要去哪裡找？能當我學生你真是三生有幸。」

「臭老頭！」路浚衡笑罵一聲，絲毫沒有被許仲安的嘲笑給激怒，反而起身上前給對方一個擁抱，然後繼續罵道：「都快六十歲的人了，為什麼還是這麼不要臉！為老不尊講的就是你這種人！」

「我要臉的話，還能號召學生來這邊給你捧場嗎？小的們，快過來一起笑你們學長簽書會沒人來！笑他！」

路浚衡早注意到許仲安身後還跟著一群少年少女，適逢假日所以也沒人穿校服，但一看外表就知道還是中學生的年紀，臉上全洋溢著膠原蛋白的光澤，看一眼他們的笑容似乎就能年輕個幾歲。

「學長好厲害啊！出書欸！」

「我要簽名！署名給最漂亮的莉莉！」

「學長我之前都有在追你的文哦，那你現在開始出書了，以後還會在網路貼文嗎？」

「學長、學長，你怎麼寫這麼正經的故事啊？我跟你講，要寫就寫大家最愛看的『色色文』，保證你銷量一飛衝天——」

「郭曉良你在說什麼鬼東西！還色色文，你成年了嗎你！給我過來！」

「哇！許老師又要打人了，快逃！他老了跑不動的！」

看著笑鬧成一團的老師與學弟妹，路浚衡一掃所有失落，大方地指著桌上的書塔道：

「你們一人拿一本吧，學長送你們！」

「啊？不用送啦學長！一本書又沒多少錢，我們買得起！」

「對呀，而且買了才可以算銷量的不是嗎？」

「一人拿一本，去結帳……幫老師拿十本！」

「我要十本一樣的書幹麼啊！給我放下！」

幾名少年少女嘰嘰喳喳地說著，不等路浚衡反應過來就抓著書跑去結帳櫃檯，似乎也正因為這群人帶起了舞台上的熱鬧氛圍，竟開始陸陸續續出現拿著書來要簽名的人。

還沒走遠的霍啟晨看著這一幕，想到方才其中一名少年說的話，便悄悄繞到擺放奇幻小說的書架區，找到了放在架上的《獵魔人》，然後將那僅剩的兩本都取走。

沒錯，一本書又沒多少錢，現在的他也有自己的存款了，喜歡的作者又出了書，多買個幾本幫人家衝銷量不好嗎？

一本翻閱、一本傳教、一本收藏，這才是專業書迷應有的素養！

話說回來，一本書確實不貴，但好一點的書櫃就不便宜了。

他確信路浚衡還會出很多、很多書，他可以開始準備一個專屬的櫃子來收藏對方的著作了。

「自己買木材DIY是不是比較省……」加入結帳隊伍的霍啟晨喃喃自語，耳邊還能依稀聽到舞台那處傳來的笑鬧聲。

「浚衡啊，你這書印得是挺漂亮，但字也太小了吧？老師看得眼睛好痛！」

「臭老頭，看不清楚就別勉強了，回去我一行行念給你聽啦！」

「喲？售後服務這麼棒的嗎？那老師真的得多買個幾本，就當作是投資了，等你以後變得超級有名，我就可以高價轉賣你的親簽書！哇，我不用愁我的退休金不夠用了！」

「……出版社編輯就在這邊站著，然後你把你的黃牛計畫講得那麼大聲？」

「噢，那我講小聲點……」

「那是音量的問題嗎？」

真是有趣的人。霍啟晨笑了笑，在等待的隊伍中輕輕翻開書頁，凝望著方才來不及細看的贈言良久。

希望這本書能為你帶來一段美好的時光:)

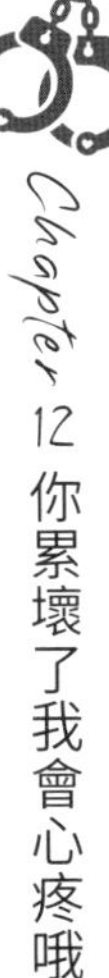

Chapter 12 你累壞了我會心疼哦

「啟晨、啟晨……」

溫柔的嗓音傳來，霍啟晨感覺有人在輕推自己，沉重的眼皮眨了幾下後緩緩睜開，又花了半分鐘才擺脫睡意，並回想起昨晚的經歷。

他坐起身，蓋在身上的被子順著他的動作滑落，在比床墊鬆軟許多的沙發椅墊上躺了一整晚，腰背不免有些痠軟，讓他忍不住伸手揉按後腰，想舒緩那股不適。

然後他才後知後覺地想到，為什麼他會睡在客廳？

對了，昨晚他和路浚衡聊得忘我，後來應該是撐不住睡意，就直接倒在沙發上了。

他能依稀記得路浚衡問他要不要回房睡，但他累得動彈不得，便任性地拒絕這個提議，死也不願離開像棉花般舒服的沙發，只想陷在裡面狠狠睡上一覺，誰都不准打擾。

等等，既然床位被搶了，那路浚衡昨晚睡哪？

他很快便獲得解答，低頭看見茶几被推遠些許，另一條被子與枕頭就鋪在地上，位置緊挨著在沙發上的他。

霍啟晨摀著臉，想到自己讓訪客睡了一晚上的磚地真是有夠失禮，也不曉得路浚衡有沒有著涼或閃了腰，然後肩膀又被輕推幾下，讓他茫然地抬頭看向對方。

「你有訪客。」路浚衡像是怕聲音太大會嚇到霍啟晨，放柔嗓音續道：「她說她是你表妹，樓下管理室的警衛認識她，確認她身分沒問題就讓她上樓了，她現在正在門外等你。」

霍啟晨終於徹底清醒，從沙發上跳起後匆匆跑到門前，果然透過貓眼看到站在屋外的亮麗倩影。

一身華美小洋裝、脅側夾著名牌皮包、妝容精緻的徐安湘此時就在門外，低頭摳著自己的凝膠美甲，搖晃的手指上戴著一枚碩大的鑽戒，閃得人都有些睜不開眼。

她臉上有著明顯的不耐，與洋裝搭配的米色跟鞋不停敲打著走廊地磚，發出「喀喀喀」的脆響。

霍啟晨看了一眼牆上的掛鐘，現在不過早上七點，完全不曉得徐安湘在這個時間點找上門是打算做什麼。

話說回來，他們也好多年沒見了，方才猛一看，他都有點認不出來這是他表妹。

曾經的年華少女也變成艷麗的人婦了，這變化不可謂不大。

隨手抹抹髮絲，讓自己看起來有精神一點，霍啟晨打開房門，還沒開口就聽徐安湘說道：「等得有夠久的，我站到腿都痠了，快讓我進去。」

久違的蠻橫無理竟讓霍啟晨感到懷念不已，有些哭笑不得地把人請進屋內，路浚衡正好也把客廳收拾完畢，抱著棉被枕頭朝徐安湘微笑點頭，隨後識趣地走進書房裡，將客廳留給這對兄妹，不去打擾別人的家庭聚會。

徐安湘挑眉看著路浚衡的背影，等人進房後就忍不住開口問道：「那誰啊？你男友？還滿帥的嘛……嘶，我怎麼覺得我好像在哪裡見過他？」

「他……他是同事，只是來借住一晚。」霍啟晨侷促地解釋了一聲，隨即跳過這個令人尷尬的話題，問道：「找我有什麼事嗎？」

雖然他們是親人，但關係並不緊密，更沒有什麼逢年過節相互拜訪、平日抽空聚會交流的習慣，霍啟晨可以很肯定地說，徐安湘絕對是有「正事」才來找他，不然對方可能連傳一封簡訊都嫌麻煩，根本懶得見面。

徐安湘神態自若地坐進沙發，翹起二郎腿晃了晃，還沒開口就見她表哥走過來抓住她的腳，把她抖動的小腿從膝蓋上挪下來，擺成較為端莊的坐姿。

「……表哥，我二十六了，不是六歲，你不要這樣。」徐安湘感嘆她家表哥不愧是說教魔人，從小管她和徐安霖都管出習慣了，且多年不見卻依然像個超級模範生，優秀乖巧得讓他們兄妹倆心生厭煩。

「妳還沒說到底有什麼事，我等等就得出門上班了，妳盡快說，不然我沒空聽。」霍啟晨仍是那副擺明了不想閒聊也不會閒聊的樣子，咄咄逼人地問著表妹的來意，這一家子人的性格倒是一個比一個還不友善。

「還能有什麼事？要不是為了我那個廢物老哥，我需要來找你？」

徐安湘話一出口，霍啟晨的臉色瞬間刷黑，毫不留情地說道：「我說過很多次了，我幫不上忙。徐安霖是累犯，而且已經是第三次入監，必然會加重刑期，我做什麼都不可能改變這個結果。」

「但你不是跟你們分局長很熟嗎？讓他跟檢察官還是法官什麼的交關一下，少判個幾年很難嗎？」徐安湘大言不慚地提議著，但隨即又揮著手說道：「哎，這不是重點，反正我就是來傳話的，我媽希望你能動用關係照顧一下我老哥，聽說他在監獄裡被欺負得挺慘，前幾天還被獄友砍了，哭求我媽快點想辦法把他弄出去，他快撐不下去了。」

徐安湘嘆了口氣，猶豫半晌才續道：「其實我媽是想親自來求你的，但你也知道我爸那態度……所以我媽只能走迂迴策略，讓我來拜託你想想辦法，別讓她的寶貝兒子死在監獄裡。

「唉，你不知道啊，我媽昨天來找我哭訴的時候，我老公還以為他岳母是來借錢的咧，把我唸了一頓，叫我不要送錢給娘家，我公公婆婆會不爽……靠，有錢我自己花不好嗎？往娘家送幹麼？我媽拿了錢肯定馬上花在老哥的事情上，我智障了才幫家裡撈錢。」

霍啟晨想到先前被取消的聚餐，心中的憤慨之意便瘋狂湧上，克制不住音量地怒罵道：「徐安霖如果死在監獄裡，那也是他自找的！都到這個地步了，還不知悔改，以為自己還是六歲小孩，哭聲大一點就有人安撫，永遠只會找姨媽替他解決問題，他什麼時候才能長大！」

徐安湘知道霍啟晨這氣不是撒在她頭上，但畢竟那個身陷囹圄的人是自己親哥哥，也忍不住怒嗆道：「如果不是你逮捕他，他現在會這麼慘嗎！把我哥當業績給辦了，能怪我爸恨不得你去死嗎！我媽還一直幫你講話，說這不是你的錯——」

「本來就不是我的錯！」

霍啟晨倏地站起身，凶惡的神情把徐安湘嚇得縮起身子，這才後悔自己一時嘴快，把人激怒到這種地步，也不曉得會不會被毒打一頓。

霍啟晨當然不可能對表妹動手，他也不是一發怒就動粗的人，只是激動地握緊雙拳，忿忿不平地罵道：「沒有我，也有其他人會逮捕他！他自己賭賽馬、欠高利貸、吸毒販毒，有哪一件事是我叫他做的嗎？進兩次監獄都不能學乖，還要進第三次，他才幾歲就前科累累，這難道也是我的問題嗎！

「如果我沒送他進監獄戒毒，他現在搞不好早就吸毒過量死在哪條巷子裡了！他什麼時候才肯放過姨媽，讓她不要再操煩自己兒子的死活！我——」

霍啟晨忽地感覺雙肩被人搭住，瀕臨失控的情緒立刻煞住車，他側過頭就看見路浚衡不知何時已經出現在身邊，正一臉擔憂地望著他，眼神裡滿是關心與焦急。

路浚衡本來在書房裡補眠，躺了一晚上的地板其實根本沒睡進去，除了冰涼的地磚的確不是什麼好床鋪之外，大概也跟他有點「癡漢」地看著霍啟晨的睡容看到捨不得闔眼有關。

在發覺兩人原來比料想的還要有緣分時，路浚衡的心緒又一次躁動起來，但這次他不想再做出什麼會讓自己後悔莫及的事，所以也決定好好審視自己的情感，把他對霍啟晨的感受徹底釐清後，再考慮下一步行動。

說實話，他浪蕩慣了，總是專注享受當下的氛圍，懶得去考慮太長遠的事。

但霍啟晨昨晚的反應讓他醒悟，自己不能再這麼玩鬧下去，否則肯定會錯過更為珍貴的東西。

一邊想著亂七八糟的事、一邊闔眼小憩，路浚衡沒休息多久就聽到門外隱約傳來爭執聲，儘管心中知道自己不該隨意介入別人的家務事，卻還是緊張地偷偷開門，想瞄一下到底發生什麼事，結果就看見氣急敗壞的霍啟晨，連忙衝上前安撫。

「我沒事……」霍啟晨不知怎麼地感到有點丟臉，又下意識地閃躲起路浚衡的視線，做了幾次深呼吸後對徐安湘道：「總之，別再為了徐安霖的事來找我了。老實說，就算有能力幫，我也不想幫他，他該學會自己解決問題，或是面對問題解決不了時的後果了。」

他看著徐安湘目露不甘與怨懟，狠下心說道：「徐安霖早該學會對自己的人生負責，如果姨媽姨丈要因此恨我一輩子，那就恨吧，我無所謂。」

「……我就跟媽說，求你根本沒用，還讓我白跑這一趟，氣死了！」

徐安湘狠狠瞪了霍啟晨一眼，抓起她的名牌手拿包就奪門而出，臨走前不忘回頭罵道：「也不想想你爸媽死的時候是誰接濟你的，你這忘恩負義的混帳！」

砰！

被拿來洩憤的無辜門板狠狠撞在門框上，力道大得一旁的鞋櫃都跟著抖了抖，擺在上面的裝飾花盆與乾燥花應聲摔落，碎片落得滿地都是。

霍啟晨就這麼靜靜看著這一切發生，直到耳邊響起腳步聲，他似乎才想起家裡還有另一個人存在。

「我先掃一掃大的碎片，等等用吸塵器再吸一遍比較安全。」

見路浚衡就這麼熟門熟路地做起清掃工作，霍啟晨幾度開口，卻半個字都說不出來，心緒亂得想吐，甚至還有點想嚎啕大哭。

但似乎有什麼堵住了宣洩口，讓他發不出任何聲音。

路浚衡似是看出了霍啟晨的心思，柔聲說道：「每個家庭都有自己的難處，我不會特意批判你的，你不用擔心。」

「我……」

不等霍啟晨說點什麼回應，路浚衡已經開口續道：「我只是覺得你壓力太大了。工作的事、家庭的事……你碰上什麼問題都習慣自己面對，是吧？」

自己面對……這不是理所當然的事嗎？霍啟晨愣愣地想著，耳邊又聽路浚衡說道：「你家裡的事我沒資格插手，但工作的事我可不能再看你一個人扛了啊。我一直說，我是你的搭檔，就算只是臨時的，那也還是和你一起查這件案子的人，你完全可以把部分工作交給我做，沒必要這樣親力親為。」

放下掃帚與畚箕，路浚衡雙手插腰，板著臉問道：「還是你瞧不起我啊，覺得我什麼都不會，所以不放心把任何任務交到我手上？你要真的那麼想，我會生氣哦！」

這什麼小朋友鬧彆扭的口氣？三十多歲的男人了，適合嗎？

霍啟晨忍不住翻了個白眼，不知不覺就沒了方才的焦躁感，沒好氣地道：「是因為你太不正經了，我沒辦法相信你能把偵辦工作做好！」

昨晚的開誠布公，倒是讓霍啟晨現在敢於直接批評路浚衡，反正後者都會照單全收，不必擔心他會因此感到挫敗，就好比這樣——

「啊，那確實是我的不對，我會開始努力改正！」路浚衡擺了個軍禮的姿勢，然後露出討好的笑容問道：「那你現在要不要派任務給我嘛？做點打雜的工作也好啊，你累壞了我會心疼哦。」

霍啟晨像是沒聽見路浚衡話尾那個引人遐思的詞，認真想了想後說道：「好吧，有件事可以給你做。」

「來來來，什麼任務，我接了！」

「羅姊那邊已經查出來死者是被K他命迷暈後才遭到殺害，但我還找不到時間去盯K

他命來源的查證做到哪一步了……這個給你負責可以嗎？」

「小意思！不就是讀一堆資料、打一堆電話的事情嘛，我來！」

路浚衡說得豪情萬丈，不知情的人大概會以為他接了什麼攸關國家大事的機密任務。

「做完那個，還要去查陳允武跟匿名者通信的管道。」

「沒問題，這個也我來！」

「我還沒抽出時間替倪疏他們重作筆錄，這個也得安排。你家附近的監控還有門鎖保全公司的記錄也還沒看，還有……」

「哇塞，你為什麼有辦法一個人做這麼多事啊？束光警探都還有兩個小跟班跑腿，你啥都沒有……你老實說，你其實會分身術對嗎？」

「……你小說寫太多了。」

兩人一邊抬槓一邊收拾，霍啟晨驀地有些恍惚，覺得這種和人一起聊著上班的事、一起吐槽同事和上司、一起牢騷工作繁忙的情境，竟意外地有趣？

原來這就是擁有「搭檔」的感覺嗎？

那似乎……也挺不錯的。

路浚衡猶未知曉自己的搭檔身分，正在到期續不續約的選項間反覆衡跳，同樣很沉浸在這股輕鬆自然的氛圍中，希望這個感覺能無限期地延伸下去。

直到急促的鈴響傳來，打斷了這個好不容易又美好起來的早晨。

滴滴——滴滴——

一聽到是專門設置為工作用通話的鈴聲，霍啟晨連忙接起手機，話筒那頭竟是向來不喜歡與他交流的楊志桓。

這位楊組長難得沒用那種敷衍的語氣和霍啟晨說話，而是一本正經地道：「小霍，這邊出了個案子，可能是你在追的那個模仿犯。我地址和照片傳給你了，你趕緊過來現場。」

「馬上過去。」霍啟晨掛斷通話，立刻查看附帶照片檔案的訊息，然後就被相片中的畫面狠狠震撼。

見霍啟晨盯著螢幕遲遲沒開口，路浚衡也湊上前查看，眼神立刻晦暗下來。

……死去的女子很美，但停留在她臉上最後的表情卻是那樣地猙獰，將那張亮麗動人的臉龐徹底扭曲，有如一張畫壞了的插圖，醜陋得令人厭棄。

她身上昂貴精緻的禮服自小腹處破開，血汙從刀刃捅出的裂口處溢出，在布料上染出一朵醒目紅花。

她腳邊端疊著各式各樣的奢侈品，衣服、包包、鞋子、首飾、香水……無一不是代表著品味與財富的象徵物，此刻也全部浸潤在棕紅的血泊中，讓畫面透著一股荒誕獵奇的美感。

她就這麼被懸掛在舞台上，雙手一高一低、身子微微前傾，彷彿在做舞蹈前的敬禮，只是她面前沒有任何觀眾，只有空蕩蕩的座椅，和摺疊放置在椅墊上的一份份舊報紙。

報紙封面是一則駭人聽聞的凶案，在「死者訊息」那一欄上放置的照片，竟是與舞台上的女屍有幾分相似，只是年輕了許多。

報紙上刊登著醒目的標題：西河市長候選人竟是殺人凶手?!

而十六年前死過一次的女孩，今天又再死了一次……

——〈下集待續〉

高寶書版集團
gobooks.com.tw

FH059

我搭檔今天也如此迷人 上

作　　者　阿滅的小怪獸
繪　　者　Gene
編　　輯　賴芯葳
美術編輯　Victoria
排　　版　彭立瑋
企　　劃　方慧娟

發 行 人　朱凱蕾
出　　版　朧月書版股份有限公司
　　　　　Hazy Moon Publishing Co., Ltd
地　　址　臺北市內湖區洲子街 88 號 3 樓
網　　址　www.gobooks.com.tw
電　　話　(02) 27992788
電　　郵　readers@gobooks.com.tw（讀者服務部）
傳　　真　出版部　(02) 27990909　行銷部 (02) 27993088
郵政劃撥　19394552
戶　　名　英屬維京群島商高寶國際有限公司台灣分公司
發　　行　英屬維京群島商高寶國際有限公司台灣分公司
初版日期　2023 年 1 月

國家圖書館出版品預行編目 (CIP) 資料

我搭檔今天也如此迷人 / 阿滅的小怪獸著 .-- 初版 .　-- 臺北市：朧月書版股份有限公司出版：英屬維京群島高寶國際有限公司臺灣分公司發行 , 2023.01-
　面；　公分 . --

ISBN 978-626-7201-50-3(全套：平裝)

863.57　　111020921